suhrkamp taschenbuch 4613

Am ersten Schultag nach den Ferien macht es schnell die Runde: Laura Anderson ist verschwunden. Schließlich wird am Strand von Palokaski die Leiche einer jungen Frau gefunden, Laura. Die Polizei geht von einem Unfall aus und der Fall wird zu den Akten gelegt. Aber Nora, eine Mitschülerin, will gesehen haben, wie Laura von einer Klippe gestoßen wurde. Keiner glaubt ihr. Dann taucht im Netz der Blog einer gewissen Madde auf und heizt die Spekulationen mit immer neuen Details wieder an. Aber so schnell Madde aufgetaucht ist, so schnell ist sie auch wieder verschwunden. Und verschwunden ist jetzt auch Nora.

J. K. Johansson – das ist eine Gruppe von Autoren und professionellen Drehbuchschreibern für Film und TV. *Noras zweites Gesicht* ist Teil zwei der »Palokaski-Trilogie«. Teil eins, *Lauras letzte Party* (st 4590), erschien im Juli 2015, Teil drei, *Venlas dunkles Geheimnis* (st 4614), erscheint im November 2015.

»Thriller, die man verschlingt.« *Ilona Magazin, Finnland*

J. K. Johansson

Noras zweites Gesicht

Roman

Aus dem Finnischen von
Elina Kritzokat

Suhrkamp

Die finnische Originalausgabe erschien 2013 unter dem Titel
Noora
bei Tammi Publishers, Helsinki

Umschlagabbildung: Sandra Samuelsson / EyeEm / Getty Images

Der Verlag dankt FILI – Finnish Literature Exchange –
für die Förderung der Übersetzung.

FILI
FINNISH LITERATURE EXCHANGE

Erste Auflage 2015
suhrkamp taschenbuch 4613

Original edition published by Tammi Publishers.
German edition published by agreement with
J. K. Johansson and Elina Ahlbäck Literary Agency, Helsinki, Finnland.
Suhrkamp Taschenbuch Verlag

Umschlaggestaltung: Werbeagentur ZERO, München
Druck und Bindung: CPI – Ebner & Spiegel, Ulm
Printed in Germany
ISBN 978-3-518-46613-1

Noras zweites Gesicht

1

Über dem Strand von Palokaski schwebte feuchter Dunst. Feinste, wie mit einer Sprühflasche erzeugte Regentropfen hingen in der Luft. Im Grunde konnte man nicht mal einzelne Tropfen ausmachen, es war praktisch unmöglich zu sagen, ob es wirklich regnete.

Nur an der immer nasser werdenden Jacke erkannte Kommissar Kari Korhonen, dass er im Nieselregen stand. Er sah aus der Ferne zu, wie die Taucher die Leiche auf den langen Steg hoben. Es war ungewöhnlich windstill, die Sicht reichte nur ein paar hundert Meter weit. Die dem Strand vorgelagerten kleinen Inseln verschwanden im Dunst. Überall herrschte eine seltsame Ruhe. Nicht mal Hundebesitzer waren unterwegs, dabei mussten die doch bei jedem Wetter raus. Nur am Bootssteg befanden sich ein paar Neugierige, aber auch die standen reglos da, wie für ein Foto aufgestellt.

Korhonen ging auf den Steg zu. Er war den Anblick toter Körper gewohnt, hatte im Laufe seiner Karriere so viele gesehen, dass er manchmal dachte: In diesem Job sieht man mehr Leichen als Lebende.

Heute ließ ihn der Gedanke an den Anblick, der vorn am Steg auf ihn wartete, trotzdem langsamer gehen. Er musste sogar an Meerjungfrauen denken. In seiner Vorstellung waren sie quicklebendig, kicherten und schwammen mit wogenden Haaren durch tief im Meer liegende Algenwälder.

Als Korhonen an der Bahre ankam, nahm er seine Mütze ab. Aus dem geöffneten Leichensack starrte ein Mädchengesicht durch seine geschlossenen Lider in den schwarzen Himmel. Korhonen spürte eine seltsame Gewissheit: Vor ihm lag die Mitte August verschwundene Schülerin Laura Anderson. Dabei konnte man kaum einen Zusammenhang zwischen dem gräulich gedunsenen Gesicht und dem hübschen Foto herstellen, das wochenlang in der Zeitung abgebildet war. Die süße Blonde mit dem zarten Lächeln. Die lange Zeit im warmen Meerwasser hatte Spuren hinterlassen, und es war absolut unmöglich zu erkennen, wie Lauras Gesicht im Moment ihres Todes ausgesehen hatte – panisch oder friedlich. Doch das war auch ganz gut so. Den Eltern würde das hübsche Konfirmationsbild ihrer Tochter in Erinnerung bleiben, den Freunden das coole Selfie auf Instagram.

Hektische Schritte am oberen Ende des Stegs rissen Korhonen aus seinen Gedanken. Er drehte sich um und sah Miro Sundsberg herbeieilen. So hektisch wie der sich verhielt, hatte er anscheinend noch nicht genug Leichen zu Gesicht bekommen. Der Spitzname Welpe, den die Kollegen ihm gegeben hatten, passte leider ziemlich gut.

»Ist es Laura?«, rief Sundsberg schon von weitem.

Korhonen wartete mit seiner Antwort, bis Sundsberg bei ihm angekommen war.

»Leider ja, davon müssen wir ausgehen«, sagte er leise.

Korhonen nahm Sundsberg entschlossen den Hut vom Kopf. Meine Güte, hatte der Welpe überhaupt kein Benehmen?

Sundsberg ließ sich den Hut verlegen in die Hand drücken und nestelte nervös daran herum. Nachdem er einen schnellen Blick auf die Tote geworfen hatte, drehte er sich um und ging zurück an den Strand. Er setzte sich auf einen großen Stein und stützte nachdenklich die Ellenbogen auf die Knie.

Korhonen straffte die Schultern und sah zu den Rettungsschwimmern.

»Danke an Sie alle. Jetzt übernehmen wir.« Er nickte in Richtung des Welpen. »Und bitte respektieren Sie die Privatsphäre der Familie.«

Am Waldrand oberhalb des Strandes stand ein Mann in Joggingkleidung und Schirmmütze und sah zu, wie die Männer ihre Taucheranzüge auszogen. Er kramte eine zerdrückte Schachtel aus seiner Jackentasche, zündete sich eine Zigarette an und nahm einen langen Zug. Jetzt wurde die Bahre in ein graues Auto getragen; die kleine Zuschauergruppe am Bootssteg löste sich auf.

Der Mann inhalierte noch einmal ganz tief, trat die Zigarette am Boden aus und verschwand im Wald.

2

Nora öffnete langsam die Wohnungstür und atmete erleichtert auf: Alles sah noch genauso chaotisch aus wie am Morgen, als die Familie aufgebrochen war. Sie kam also als Erste wieder nach Hause und würde ihre Ruhe haben. Die hatte sie tatsächlich: Es herrschte Totenstille. Nur der Sekundenzeiger der Uhr im Flur tickte einsam vor sich hin. Nora zog ihre Schuhe aus und rannte nach oben in ihr Zimmer.

Ihre Mutter kam meist erst nach sechs von der Arbeit wieder, doch in den letzten Tagen hatte sie früher Schluss gemacht und auf Nora gewartet. Mit einer tiefen Sorgenfalte zwischen den Augenbrauen nahm sie sie am Küchentisch in die Mangel und wollte *reden*: Wie war dein Tag? Sind die anderen auch alle in der Schule? Gibt es Schüler, die viel weinen? Und die Lehrer? Am Ende des Gesprächs hielt sie immer eine lange Predigt, dass Nora viel mehr reden müsse; wenn schon nicht mit ihrer Mutter, dann wenigstens mit jemand anderem. Auf keinen Fall dürfe Nora ihre Gefühle und Tränen unterdrücken. Und natürlich war Nora tieftraurig, schließlich hatte sie ihre Freundin Laura verloren, höchstwahrscheinlich für immer.

Nora schloss ihre Zimmertür ab und warf sich aufs Bett. Puh, wenigstens jetzt hatte sie ihre Ruhe, musste nicht die trauernde Tochter spielen und ihrer Mutter was vormachen. Doch lange würde der Friede nicht anhalten. Dass Lauras Leiche aufgetaucht war, hatte schon in der halben Stadt die Runde gemacht; da würde ihre Mutter sich bald wieder auf sie stürzen.

Noras Blick wanderte zu ihrem Schreibtisch. Dort lagen die Schulbücher, die sie fürs Abi lesen musste. Das konnte warten. Sie holte ihr Telefon aus der Hosentasche und schoss von schräg oben ein Bild für Instagram: #mussichwirklichfürbiolernen, #amliebstennurschlafen, #totalbescheuertmitdenklausurenunddasgeradejetzt. Obwohl Lauras Verschwinden etliche Schüler ziemlich durcheinandergebracht hatte, war die Klausurenwoche nicht verschoben worden. Keine Gnade. Keep calm and carry on.

Nora ging auf Ritas Blog *jackpot world*. Rita war Anfang zwanzig und hatte all das, was Nora noch erreichen wollte – für Bio konnte sie definitiv auch später lernen.

»Nora?«, rief ihre Mutter durch die Tür.

Mist, sie musste für einen Moment eingeschlafen sein. Anscheinend waren die anderen inzwischen alle zu Hause.

»Mach bitte auf. Ich muss mit dir reden.«

Die Stimme ihrer Mutter klang matt und dunkel. So klang sie immer, wenn Nora etwas angestellt hatte, einen Schein aus dem Portemonnaie ihrer Mutter stibitzt oder ihre kleinen Geschwister unbeaufsichtigt gelassen hatte. Einmal wäre um ein Haar das Bücherregal auf ihre kleine Schwester gefallen. Nur ein paar Zentimeter hatten gefehlt, und die Kleine wäre schwer verletzt, womöglich sogar tot gewesen.

»Nora, du machst bitte sofort auf, sonst hole ich den zweiten Schlüssel.«

»Ich muss lernen, Mama.« Sie hatte jetzt Besseres zu tun, als die trauernde Tochter zu spielen.

»Mach bitte auf.« Die Stimme ihrer Mutter klang noch ein paar Töne tiefer.

Nora stand auf, legte das Biologiebuch aufs Kopfkissen und ging zur Tür.

»Jaaa?«

»Ach Kind, wie geht es dir heute bloß?« Ihre Mutter sah sie bekümmert an.

»Wieso? Was soll denn sein?«

»Hast du es etwa noch nicht gehört?«

»Was denn?«

Ihre Mutter nahm ihre Hand, führte sie zum Bett und setzte sich mit ihr auf die Bettkante.

Sie legte den Arm um Nora und sagte leise:

»Man hat Laura gefunden. Tot.«

Laura ist tot. Laura ist tot. Laura ist tot. Nachdem ihre Mutter wieder nach unten in die Küche gegangen war, blieb Nora noch lange unter der Decke liegen.

Sie hatte es nicht geschafft, auf Knopfdruck zu weinen, dabei hatte sie an verhungernde Welpen und gequälte Eichhörnchen gedacht. Doch vergebens, es kam keine einzige Träne. Schließlich hatte sie sich die Decke über den Kopf gezogen und gesagt, dass sie lieber alleine sein wollte. Erst als sie versprach, so bald wie möglich zum Schulpsychologen zu gehen, hatte ihre Mutter sie in Ruhe gelassen.

Eigentlich hatte Nora Laura nicht einmal besonders gut gekannt. Im Grunde waren es nur die letzten Ferien gewesen, in denen sie miteinander zu tun hatten. Vor allem das Wochenende, an dem Laura verschwunden war. An ihrem letzten Abend war Laura bei Nora gewesen. Sie hatte mit einer Flasche Cidre und einem Joint in der Tasche bei ihnen vor der Tür gestanden und war heilfroh gewesen, dass sie ihren Eltern erzählen konnte, sie würde bei Nora übernachten. An diesem Abend wollten alle zu dieser Party bei Nina, später sollte es unten am Strand weitergehen, feuchtfröhlich natürlich, bis in die Morgenstunden. Ohne die Möglichkeit, offiziell bei Nora zu übernachten, hätte Laura um zehn wieder zu Hause sein müssen.

Noras Eltern waren das genaue Gegenteil von Lauras Eltern, vor allem von Lauras strengem Vater. Noras Eltern glaubten nicht an Verbote. Strenge Ansagen forderten ihrer Meinung nach nur Lügen heraus, und wenn die Kinder anfingen zu lügen und Dinge heimlich machten, brachte das nichts als unnötige Gefahr. Es war klüger, wenn man Jugendliche ihr Leben frei leben ließ. Nora konnte machen, was immer sie wollte, solange sie ihren Eltern offen erzählte, wenn sie lange auf Partys blieb und was dort passierte. Die liberale Einstellung ihrer Eltern hatte sich irgendwann bis zu Laura rumgesprochen, die prompt die Nähe Noras gesucht hatte. Nora hatte nichts dagegen; Laura war interessant, und wer mit ihr abhing, profitierte von ihrer Beliebtheit. Vielleicht wurden sie ja beste Freundinnen? Nora hoffte es. *BFF. Best friends forever.*

An Lauras letztem Abend saßen sie zusammen in Noras Zimmer, tranken Cidre und hatten Unmengen von Schminkutensilien vor sich ausgebreitet.

»Ich könnte Nina anrufen«, schlug Laura vor und puderte sich die Stirn ab.

»Hm. Ich weiß nicht. Wirklich blöd, dass sie mich nicht eingeladen hat.« Nora trug noch einen letzten Rest schwarzen Kajal auf. Zum ersten Mal waren ihr die *smokey eyes* perfekt gelungen. Jetzt bloß nicht heulen und das Make-up verderben. Aber es war einfach fies, dass sie als Einzige nicht zu Ninas Party konnte.

»Ich schätze, sie ist sauer, weil du behauptet hast, dass Peetu sich nicht für sie interessiert«, sagte Laura.

»Aber genau das hat Peetu mir gesagt!«

»Tja, und jetzt sind die beiden trotzdem zusammen.«

»Aber es hat gestimmt! Wieso hätte ich mir eine Lüge ausdenken sollen?« Noras Stimme zitterte.

»Nina hat wahrscheinlich gedacht, dass du selber scharf bist auf Peetu.«

»Waaaas? Nie im Leben! Allein schon sein Geruch, puh!« Nora rümpfte die Nase.

Laura kicherte. Wow, dachte Nora, Laura Anderson findet mich witzig.

»Pass auf. Wenn du willst, ruf ich Nina sofort an und sprech mit ihr.« Laura musterte Noras Augen-Make-up. »Supercool übrigens, deine Augen. Schminkst du meine auch so?«

Nora freute sich riesig. Noch vor ein paar Wochen wäre das nicht passiert. Und jetzt schminkte sie Laura Anderson *smokey eyes*. Obwohl ihre Hand leicht zitterte und die Augen wirklich sehr dunkel wurden, war Laura mit dem Resultat zufrieden.

»Geil. Noch toller als bei dir. Sorry, wenn ich das so offen sage.«

Umso besser. Dann erzählte Laura hoffentlich allen, dass Nora sie geschminkt hatte.

Laura nahm einen Schluck Cidre und kramte ihr Handy aus der Tasche.

»Soll ich Nina jetzt anrufen oder nicht? Die Party hat schon angefangen.« Laura hielt ihr das Telefon vor die Nase und zeigte ihr ein paar Bilder von Instagram.

Nora musterte die Fotos zerstreut. Sie wollte nicht diejenige sein, die sich krampfhaft auf Umwegen zu einer Party einlud. Aber genauso wenig wollte sie den letzten Samstagabend der Sommerferien allein verbringen.

»Okay«, sagte sie kleinlaut, »ruf sie an.« Plötzlich kam ihr die Party bei Nina ungeheuer wichtig vor. Als ginge es um viel mehr als nur diesen Abend. Als ginge es um ihr ganzes Leben.

Laura ging mit dem Handy auf den Flur und machte die Tür hinter sich zu. Nora versuchte zu lauschen, schnappte aber nur ein paar einzelne Wörter auf. Immerhin verstand sie ein paar Namen; Toni und Jimbo Ojantaus, irgendein Okko – ihren eigenen Namen hörte sie jedoch nicht. Als Laura zurück ins Zimmer kam, sah sie es sofort an ihrem Gesichtsausdruck. Nora blieb ausgeladen. Jetzt konnte sie die Tränen nicht mehr zurückhalten.

»Nina meint, dass schon jetzt zu viele Leute da sind«, sagte Laura und packte ihre Sachen zusammen.

»Wir können doch beide was anderes machen, du und ich«, schlug Nora vor, hörte aber selbst, wie verzweifelt das klang.

»Also ich geh auf jeden Fall hin, und zwar jetzt«, sagte Laura und sah sie prüfend an. »Und was machst du?«

»Ich ... ich geh zu einer anderen Party«, stammelte Nora.

»Zu welcher denn?«

»Eine kleine Abiparty bei einer Freundin von früher.« Nora senkte den Blick.

»Aha. Na, dann viel Spaß dort.«

Laura warf einen letzten Blick in den Spiegel, wuschelte durch ihr pechschwarz gefärbtes Haar und zog einen Schmollmund. Sie sah so phantastisch aus, dass Nora alles gegeben hätte, um für ein paar Stunden Laura zu sein.

»Ich bring dich noch vor die Tür«, schlug Nora vor.

»Wie du willst.« Laura zuckte die Schultern und ging schon die Treppe hinunter.

Draußen schlug ihnen die schwüle Augusthitze entgegen, heftete sich an ihre Haut wie klebriges Kaugummi. Sie gingen bis zum Ende der Auffahrt; Laura erzählte etwas von einem Ausflug auf die Badeinsel.

Nora dachte an ihre Eltern und die kleinen Geschwister. Sie saßen im Wohnzimmer und spielten Alias. Vielleicht war ein Spieleabend zu Hause viel entspannter als diese doofe Party bei Nina?

Vorn an der Straße blieben sie stehen und warteten auf Lauras Freunde, die sie mit dem Auto abholen wollten. Laura holte den Joint aus ihrer Tasche und zündete ihn an. Nach ein paar Zügen reichte sie ihn an Nora weiter.

»Willst du auch?«

»Klar.«

Nora hatte noch nie was anderes geraucht als normale Zigaretten, tat aber so, als wäre ihr die Situation vertraut. Es schmeckte süß und bitter zugleich und kitzelte im Rachen. Gerade als sie husten musste, fuhr zum Glück mit laut wummerndem Bass das schwarze Cabrio der Brüder Ojantaus vor.

Beim Anblick Lauras pfiff Jimbo anerkennend und rief: »Laura-Lara, Lara Croft, babe of babes!« Auch Toni, der neben Jimbo auf dem Beifahrersitz saß, lächelte breit.

Nora war schon mindestens ein halbes Jahr in Jimbo verknallt, doch er würdigte sie keines Blickes. Am Anfang der Ferien hatte sie ihn mit Laura in den Dünen am Strand knutschen sehen.

»Behalt den Joint einfach und nimm ihn mit zu deiner Party«, riss Laura sie aus ihren Gedanken.

Ehe sie etwas erwidern konnte, saß Laura schon neben einem Jungen auf der Rückbank, den Nora nicht kannte. Jimbo drückte das Gaspedal durch und fuhr mit quietschenden Reifen davon. Wenig später erinnerte nur noch der Abgasgeruch daran, dass sie es gerade mit der coolsten Clique der Schule zu tun gehabt hatte.

»Ach, verpisst euch doch alle«, murmelte sie traurig.

»Liebling, komm doch zu uns.«

Ihre Mutter zog ihr sanft die Decke vom Kopf und wuschelte ihr durch die Haare. »Du solltest ein bisschen was essen, dann geht es dir besser.«

»Ich will aber nicht.«

Ihre Mutter seufzte. »Ich hab übrigens gerade eine Nachricht bekommen, dass die Prüfungswoche nun doch verschoben wurde, jetzt, wo deine Freundin Laura ...« Sie sprach den Satz nicht zu Ende.

Nora musste ein bitteres Grinsen unterdrücken.

Ihre Mutter glaubte wirklich, dass sie und Laura in diesem Sommer Freundinnen geworden waren.

»Mama, ich will jetzt einfach nur allein sein.«

»Ich versteh dich ja. Aber es ist nicht gut, dass du das in dich reinfrisst. Negative Gefühle muss man rauslassen.«

»Hast du nicht gehört? Bitte, Mama. Ich will meine Ruhe.«

Ihre Mutter gab ihr einen Kuss auf die Wange. Nora merkte, dass sie weinte. Sogar ihre Mutter. Nur sie selbst nicht. Was war mit ihr los?

3 Miia Pohjavirta machte die Tür von Kommissar Korhonens Zimmer einen Spaltbreit auf und warf einen nervösen Blick in den Flur. Am Ende, im Foyer, wimmelte es von Journalisten.

Und viele kannten Miias Gesicht. Sie durfte auf keinen Fall gesehen werden, sonst würde man sie sofort um einen Kommentar zu den neusten Ereignissen bitten. Doch Miia wollte jetzt nichts kommentieren. Und genauso wenig wollte sie sagen »kein Kommentar«.

Bevor Miia im Sommer als Sonderpädagogin an der Schule von Palokaski angefangen hatte, war sie bei der Polizei Helsinki gewesen, in der Einheit für soziale Netzwerke und Jugendliche, in leitender Funktion. In dieser Position hatte sie sich zwangsläufig an die Nachfragen der Journalisten gewöhnen müssen. Außerdem war sie jung, intelligent, attraktiv und schlagfertig, also nicht nur der Traum ihres Arbeitgebers, sondern auch der von neugierigen Journalisten. Miia wurde regelmäßig in Talkshows eingeladen und für Zeitungs- und Radiointerviews angefragt – mal sollte sie etwas über das Internet erzählen, mal über Jugendliche und soziale Medien. Schnell hatte sie gelernt, dass sie um diese Auftritte nur herumkam, wenn sie sich so wenig wie möglich blicken ließ und man sie erst gar nicht ansprechen konnte.

Korhonen war ihr früherer Chef und hatte ihr sein Zimmer als Versteck angeboten, bis die Pressekonferenz anfing. Er selbst war noch unterwegs und kümmerte sich um irgendwelchen Papierkram. Miia setzte sich auf Korhonens Bürostuhl und stellte sich Miro Sundsberg vor: Der saß jetzt garantiert vor einem Spiegel, kämmte sich die Haare und übte ein Lächeln, das Empathie und Autorität zugleich ausstrahlte. Sundsberg hatte sich im Fall Laura Anderson bei einer früheren Gelegenheit ziemlich vor den Medien blamiert – dies war seine Chance, die Sache wiedergutzumachen.

Auch Miia hatte mit dem Verschwinden Lauras intensiv zu tun gehabt: Laura Anderson ging an »ihre« Schule, also hatte sie Korhonen mit Informationen aus Lauras Freundeskreis und den sozialen Netzwerken versorgt. Korhonen selbst gehörte zur altmodischen Fraktion und setzte sich nur vor den Computer, wenn es nicht anders ging. Manchmal wurde ihm selbst die ganz normale Textverarbeitung zu viel.

Miia sah auf die Uhr. Bis zur Pressekonferenz waren es noch zehn Minuten. Genug Zeit, um ihre eigenen Untersuchungen voranzutreiben.

Sie schnappte sich den Schlüssel, der auf Korhonens Schreibtisch lag, zog ihre Kapuze tief ins Gesicht und marschierte mit gesenktem Blick die Treppe hinunter in die Asservatenkammer, in der die beschlagnahmten Gegenstände zu den offenen Fällen verwahrt wurden. Seit Miia mit Korhonen Lauras Leiche auf dem Untersuchungstisch gesehen hatte, kriegte sie die Sätze der Pathologin nicht mehr aus dem Kopf:

»Die Sache ist ganz klar. Schädelbruch, weitere Brüche, Prellungen und so weiter. Noch interessanter als die Todesursache ist aber etwas anderes. Der Hormonspiegel des Mädchens ist auffällig. Die Östrogenwerte sind extrem hoch.«

Als Korhonen wissen wollte, ob der Tod nach einem Unfall aussah, erwiderte die Pathologin, dass dies nicht mehr ihr Gebiet sei, sondern das der Polizei – dass jedoch ihre Diagnose einen Unfall nahelegte.

Im Gegensatz zu Miia ordnete Miro Sundsberg den Fall damit als abgeschlossen ein und beendete die Ermittlungen. Doch in etlichen Foren im Internet ging die Diskussion weiter. Als könnten die Leute einfach nicht glauben, dass es »nur« ein Unfall war. Die Theorien wurden von Tag zu Tag wilder, es gab praktisch kaum jemanden, der nicht als Täter in Frage kam. Vor kurzem war sogar Miias Bruder Nikke ins Zentrum des Verdachts geraten, und tatsächlich hatte die Polizei ihn vorübergehend festgenommen. Doch Lauras Tagebuch belegte, dass Nikke – Schulpsychologe an Lauras Schule – unschuldig war. Trotzdem, die Menschen schienen beinahe enttäuscht, dass Laura durch einen unglücklichen Zufall gestorben sein sollte. Also doch keine brutalen Mörder und gefährlichen Banden in Palokaski? Das schien viel langweiliger, als einfach nur Pech gehabt zu haben.

Miia musste an Korhonens Tränen denken. Der alte Kommissar hatte bei Lauras Anblick in der Pathologie geweint. Korhonen hatte genau wie sie sehr stark auf Lauras Verschwinden reagiert. Nicht zuletzt, weil auch Miias große Schwester Venla vor über zwanzig Jahren im Teenageralter verschwunden war. Eine Leiche hatte man nie gefunden, der Fall blieb ungelöst – was die Familie wie auch Korhonen, der damals die Ermittlungen leitete, sehr belastete. Umso dringlicher hatten Miia und Korhonen sich gewünscht, Laura lebendig zu finden. Vielleicht hätte sie das ein winziges bisschen mit Venlas Schicksal versöhnt.

Leise betrat Miia die Asservatenkammer. Während ihrer Zeit bei der Polizei war sie hier zigmal gewesen – damals natürlich mit offizieller Erlaubnis. Jetzt war das anders, ihr Arbeitgeber war die Schule, nicht die Polizei. Miia hoffte, dass so kurz vor der Pressekonferenz keiner mehr nach unten kommen würde.

Sie wanderte die Regale entlang und hatte schnell gefunden, wonach sie suchte. Sie leerte den Inhalt der durchsichtigen Plastiktüte auf dem Tisch aus: Kleidung, Kleinkram, Schmuck. Zwei Ringe, der eine mit einem eingravierten Datum, der andere ein Billigring. Außerdem ein Anhänger mit Anime-Figur und einem Schlüssel dran, ein paar Münzen, ein Feuerzeug und noch ein Autoschlüssel. Ein neuerer, für Zentralverriegelung. Miia starrte nachdenklich auf ihren Fund.

Als sie von draußen Schritte hörte, versteckte sie sich mit klopfendem Herzen zwischen zwei Regalen. Die Tür ging auf. Miia schickte ein Stoßgebet zum Himmel und hoffte, nicht erwischt zu werden. Jetzt näherten die Schritte sich dem Tisch, Gegenstände wurden hin- und hergeschoben; ein genervtes Seufzen, dann ein Rascheln. Die Schritte kamen näher, fast bis zu Miia, bogen dann zum Glück eine Regalreihe früher ein. Dort wurde etwas abgelegt, dann entfernten die Schritte sich wieder. Das Licht ging aus, die Tür fiel zu.

Erst nach einer gefühlten Ewigkeit wagte Miia, sich zu bewegen. Sie holte ihr Handy aus der Hosentasche, aktivierte es und sammelte im Schein des Displays die Sachen zusammen, legte die durchsichtige Tüte wieder an ihren Platz zurück. Im Dunkeln tastete sie sich bis zur Tür, lauschte. Alles still. Blitzschnell verließ sie den Raum. Im Treppenhaus waren ihre Schritte wieder so sicher, als hätte sie überallhin Zugang.

Im Foyer herrschte nervöses Durcheinander. Die Mischung aus Adrenalin, Schweiß und altem Teppichgeruch war alles andere als anziehend. Als Miia sich der Gruppe von Journalisten widerwillig und mit heruntergezogener Kapuze näherte, wurde es schlagartig still. Miia erschrak. Dann kapierte sie, dass niemand sie beachtete. Alle starrten zu Sundsbergs Tür, die soeben aufgegangen war.

In übertrieben schickem Anzug und mit unpassend bunter Krawatte stellte Miro Sundsberg sich vor die Medienvertreter, neben sich zwei Kollegen in voller Polizeiuniform. Das Ganze wirkte wie in einem billigen Film.

Sundsberg rückte gewichtig seine Krawatte zurecht –

eine Geste, die er garantiert vor dem Spiegel eingeübt hatte – und tupfte sich mit einem Taschentuch die Stirn ab. Letzteres war unklug, allzu leicht blieben Fussel auf der Haut kleben. Schließlich kramte er einen Zettel aus seiner Brusttasche und faltete ihn auf. Kameras klickten und blitzten. Sundsberg räusperte sich.

»Willkommen in Palokaski, werte Journalisten. Ich komme sofort zur Sache: Die Leiche von Laura Anderson wurde vorgestern in der Nähe des Strandes gefunden. Ein Hobbyfischer hat sie auf seiner frühmorgendlichen Tour im Meer entdeckt. Die Identifikation hat noch am gleichen Tag stattgefunden, Irrtümer sind ausgeschlossen. Die Ergebnisse der Autopsie decken sich mit unseren polizeilichen Ermittlungen: Laura Anderson starb durch einen tragischen Unfall. Wir gehen davon aus, dass sie bei einem Spaziergang am Meer von einem der hohen Felsen gestürzt und im Wasser sofort ihren Verletzungen erlegen ist. Hinweise auf ein Verbrechen gibt es keine. Die polizeilichen Ermittlungen sind damit abgeschlossen. Ich spreche den Angehörigen von Laura Anderson meine Anteilnahme aus, auch im Namen meiner Kollegen. Und ich bedanke mich für die Hilfe der Lehrer, die an Laura Andersons Schule unterrichten. Ganz besonders bedanke ich mich bei Sonderpädagogin Miia Pohjavirta und Schulpsychologe Nikke Pohjavirta, bei dem ich mich nochmals für das kürzlich entstandene Missverständnis entschuldigen möchte. Wir hoffen, dass Sie, liebe Medienvertreter, die Familie und alle weiteren Beteiligten in Ruhe lassen, damit sich alle von den Ereignissen erholen können. Ihre Fragen richten Sie bitte an mich.«

Sofort brüllten die Journalisten durcheinander und versuchten, sich gegenseitig mit ihren Fragen zu übertönen. Miia schüttelte stumm den Kopf. Warum zum Teufel machte Sundsberg nicht endlich eine Fortbildung zum Umgang mit Pressevertretern? An der Wand gegenüber stand Korhonen, der seinerseits irritiert aussah – vielleicht noch aus einem anderen Grund. Miia lächelte ihm aufmunternd zu, doch er schaute in eine andere Richtung. Siedend heiß fiel ihr ein, dass sie noch den Schlüssel zur Asservatenkammer in der Tasche hatte. Möglichst unauffällig ging sie zu Korhonens Büro. Nachdem sie den Schlüssel zurück auf seinen Schreibtisch gelegt hatte, schlich sie Richtung Ausgang. Das Letzte, was sie aus dem Foyer hörte, war ein wütender Aufschrei:

»Sie können die Untersuchungen doch nicht einfach einstellen!«

4 In den Morgennachrichten wurde der erste Herbststurm angekündigt, und Noras Mutter sagte beim Frühstück, dass Nora zu Hause bleiben dürfe, wenn sie die Belastung nicht aushielte. Am Nachmittag sollte in der Schule eine Gedenkveranstaltung für Laura stattfinden. Aber Nora wollte nicht zu Hause bleiben.

Gestern hatte sie mit Jenna, einer von Lauras engeren Freundinnen, im Chemieunterricht ein Arbeitsteam gebildet. Statt einer Versuchsanordnung erteilte der Lehrer ihnen die Aufgabe, sich über Laura auszutauschen. Nora hatte erzählt, dass sie Laura an ihrem letzten Abend geschminkt hatte. Jenna wirkte etwas überrascht, hakte dann genauer nach. Als sie von Noras entspannten Eltern erfuhr, wollte sie nach der Gedenkveranstaltung zu Nora mit nach Hause gehen. Später könnte sie Nora in den Uferpavillon zu einer inoffiziellen Abschiedsparty zu Ehren von Laura mitnehmen. Nora hatte von dieser Party zwar noch nichts mitbekommen, sagte aber sofort Ja. Mit Jenna an ihrer Seite wäre sie mittendrin im Geschehen. Vielleicht würde es ihr endlich gelingen, Lauras Platz einzunehmen. Schließlich hatte sie so viel von dem, was man dafür brauchte.

Gleich zu Beginn der ersten Stunde wurde bekanntgegeben, dass Miia und Nikke Pohjavirtas Türen den ganzen Tag offen standen für all diejenigen, die Hilfe und Unterstützung wegen Lauras Tod brauchten. Jasu und Osku standen sofort auf, warfen Anna und Siiri auffordernde Blicke zu und schlurften aus dem Klassenraum. Prompt standen auch Anna und Siiri auf und verließen den Unterricht. Garantiert ging keiner von ihnen zu Miia oder Nikke.

Nora starrte nachdenklich auf den Kurzgeschichtenband vor ihrer Nase. Die anderen nutzten dreist jeden sich bietenden Freiraum, und sie machte brav ihre Textanalyse. Wahrscheinlich könnte ein Meteorit in der Schule einschlagen und sie würde auf ihrem Stuhl sitzen bleiben.

Sie sah vom Buch auf. Draußen bogen sich die Birken im Wind. Wie sollte sie je Lauras Platz einnehmen, wenn sie sich so wenig traute?

Entschlossen stand sie auf, ihr Stuhl fiel laut um. Alle starrten sie an.

»Nora, was ist los?«, fragte die Lehrerin.

»Ich gehe zu Miia«, erwiderte Nora.

»Da ist jetzt bestimmt viel los. Vielleicht gehst du besser in der nächsten Stunde hin?«

»Aber ich muss dringend über Laura reden. Jetzt sofort.«

Die Lehrerin klappte den Mund auf, als wollte sie etwas entgegnen, schloss ihn dann aber wieder. Auf Laura zu verweisen war eine Art Wunderwaffe geworden. Seit ihrem Verschwinden herrschte an der Schule eine Atmosphäre, die etwas von Gefängnisaufstand, Trauerfeier und illegaler Party hatte. Zwar waren alle Schüler geschockt über Lauras Schicksal, doch zugleich nutzten sie aus, dass eine Art Ausnahmezustand herrschte.

Nora seufzte erleichtert, als sie das rote *Besetzt*-Licht an Miias Tür brennen sah. Sie hatte keine Ahnung, worüber sie mit Miia reden sollte. Dummerweise ging in diesem Moment die Tür auf, und Lauras Freundin Johanna Malkamäki kam aus dem Zimmer. Ihre Augen waren vom Weinen geschwollen, ihre sonst makellose Haut war gerötet. Johanna warf Nora einen kurzen Blick zu, grüßte aber nicht. Sie grüßte Nora nie, dabei waren die beiden sechs Jahre lang in derselben Turngruppe gewesen, und ihre Eltern spielten zusammen Golf.

»Hei, Nora. Wolltest du zu mir?« Miia stand in der Tür und sah sie freundlich an.

»Eigentlich nicht, aber, äh ...« Plötzlich musste Nora losweinen. So selbstverständlich und ungezwungen, dass es fast zum Lachen war. Wieso hatte sie das nicht vorher schon gekonnt?

»Tief durchatmen, es wird alles wieder gut.« Miia führte Nora in ihr Zimmer, schob ihr den Stuhl zurecht und reichte ihr ein Taschentuch.

Nora wischte sich das Gesicht ab und putzte sich die Nase, doch die Tränen flossen immer weiter. Ohne dass sie sich anstrengen musste. Nach einer gefühlten halben Ewigkeit verebbte ihr Weinen schließlich.

»Es ist sicher wegen Laura?« Miia schob Nora ein frisches Taschentuch hin.

»Nein.«

»Warum dann?« Miia ließ sich keine Überraschung anmerken. Sie wirkte höchstens ein wenig ungeduldig, schaute kurz auf ihr Handy. »Nora, du kannst ganz offen reden. Was bedrückt dich?«

»Ich habe Angst, dass ich die Nächste bin.«

5 Jenna stand vor dem Spiegel und zerrte an ihrem Top, das mehrere Nummern zu klein war und sich immer wieder über ihren Bauchnabel rollte.

»Ich hab zugenommen«, seufzte sie.

Nora musterte sie kurz. Wenn sie jetzt sagte »stimmt doch gar nicht«, würde Jenna erst recht weiterjammern. Dabei war Jenna nahezu perfekt, und eigentlich wusste sie das auch. Ein ganz ähnlicher Typ wie Laura; schlanke Oberschenkel und flacher Bauch. Aber nicht zu mager, das war out – Hintern und Brüste mussten sein.

»Quatsch, kein Gramm hast du zugenommen.«

»Hab ich doch. Guck mal, hier.« Jenna beugte sich vor und zupfte an einer kleinen Bauchspeckfalte, die sich in dieser Position bei jedem Menschen bildete. »In den nächsten Ferien muss ich unbedingt einen guten Job ergattern und Geld verdienen, dann kann ich mir das in Tallin wegsaugen lassen.«

»Also, ich seh kein Fett«, sagte Nora und konnte nicht verbergen, dass sie keine Lust auf diesen voraussehbaren Dialog hatte.

»Was denn bitte sonst? Fass doch mal hin!«

Nora betastete vorsichtig Jennas Bauch.

»Das ist Haut, weiter nichts.«

»Pah. Na ja, zum Glück steht Miika auf Brüste, der Rest ist ihm egal.«

Jenna schnappte sich eine Schere von Noras Schreibtisch und schnitt knapp oberhalb ihrer Brüste einen Schlitz in das enge Top, der ihre Push-up-Oberweite verführerisch präsentierte.

»Rita hat auch so ein Top. Hat sie grad in ihrem Blog *jackpot world* vorgeführt. Sexy, oder?«

Jenna schob ihre Brust vor, streckte ihren Hintern raus und warf die Haare zurück.

»Machst du ein Foto von mir?«

Nora nahm Jennas perlenverziertes Handy und zoomte mit der Kamera ihr Gesicht heran. Mit Schmollmund sah Jenna fast aus wie Rita. Die Glückliche. Tja, selbst wenn Nora solche Fotos hätte – niemand schaute sich ihren Instagram-Account an.

»Hast du gehört, dass Marsa von ihrem Vater eine Brustvergrößerung kriegt, wenn sie im Abi besser ist als zwei Komma null?« Jenna nahm eine andere Pose ein und machte ein paar Selfies.

»Echt? Hat sie doch gar nicht nötig.« Marsas Brüste waren bestimmt eine Körbchengröße üppiger als ihre.

»Vielleicht nicht, aber die Form ist seltsam. Sie mag ihren BH nicht mal beim Sex ausziehen, und das findet ihr Freund Juri blöd. Aber sag mal, wäre das nicht auch was für dich, eine Brust-OP?«

Nora schluckte.

»Klar.« Insgeheim hatte sie tatsächlich schon dran gedacht, aber sie wusste, dass ihre Eltern sich bei diesem Thema absolut querstellen würden.

»Huch, schon so spät? Ich muss los. Könntest du mir vielleicht zwei Kondome leihen?«

Nora hatte längst kapiert, dass Jenna sie nicht zur Party im Uferpavillon mitnehmen würde. Sie wollte sich bloß bei ihr stylen und schon mal etwas Alkohol trinken, und das ging nur bei Nora, alle anderen Eltern waren zu streng. Jetzt wollte Nora zu ihrem Freund Miika, und nach der Party am Ufer würde sie mit ihm nach Hause gehen.

»Natürlich, Moment mal, wo sind sie denn ...« Schweißperlen stiegen ihr auf die Stirn. Wo hatte sie das Kondom aus dem Biounterricht hingelegt? Dummerweise hatte sie Jenna von ihrer angeblichen Affäre mit Hena erzählt.

»Sind anscheinend alle. Ich muss echt anfangen, die Vorratspackung zu kaufen. Tut mir leid.« Nora versuchte ein schiefes Grinsen. Wieso war sie auf eine solche Situation nicht besser vorbereitet? Sie musste unbedingt Kondome kaufen.

Jennas Gesichtsausdruck verriet, dass sie Nora kein Wort glaubte. Zum Glück hatte sie es zu eilig, um auf dem Thema rumzureiten.

»Okay. Hoffentlich hat Miika welche. Letztes Mal hatten wir beide keine dabei.«

»Und was habt ihr dann gemacht?«

»Was glaubst du wohl?«

»Jenna! Was ist, wenn du schwanger bist?«

»Ich hab die *Pille danach* genommen. So, ich verschwinde dann mal.«

Noch lange nach ihrem Abgang hing eine moschuslastige Duftwolke in Noras Zimmer. *Bright Crystal.* Das benutzte auch Rita.

Nora sah aus dem Fenster. Unten lief Jenna über den Hof und verschwand im Dunkeln. Nicht lange, und ihre Mutter würde anklopfen und fragen, warum Nora nicht mitgegangen war. Am schlauesten wäre es, wenn sie einfach für ein paar Stunden draußen herumstromerte. Aber allein schon der Gedanke machte sie müde. Der Tag war ohnehin schon anstrengend gewesen. Er war beschissen gewesen, um ehrlich zu sein.

Auf der Gedenkveranstaltung hatten sie mehrmals hintereinander Leonard Cohens *Hallelujah* singen müssen, und der Saal war so vollgestopft mit Lilien, dass einem von dem schweren Duft schwindelig wurde. Die Direktorin kriegte vor lauter Tränen keinen zusammenhängenden Satz hin, und die ganze Veranstaltung lief unruhig und leicht chaotisch ab.

Das Gespräch mit Miia ein paar Stunden vorher war auch nicht besser gelaufen. Miia hatte nicht kapiert, was Nora bedrückte, und nur ständig wiederholt, dass die Welt ein guter Ort sei und niemand Nora Böses wollte, geschweige denn sie umbringen. Und von Noras eigentlicher Angst kapierte sie erst recht nichts: Noch viel mehr Angst als vor dem Sterben hatte sie davor, nicht wahrgenommen zu werden. Dass niemand sie richtig bemerkte, sie sich nie richtig lebendig fühlen würde. Dass sie nie die tollen Erfahrungen machen würde, die andere machten. Dass sie keine einzige Spur in dieser Welt hinterlassen würde.

Nora zog ihre Turnschuhe an und rannte die Treppe hinunter nach draußen.

6 Das alte Einkaufszentrum von Palokaski wirkte immer ein wenig wie aus der Zeit gefallen. Die Mütter, die beim Einkaufen ihre ungewaschenen Haare unter Mützen verbargen, waren so unauffällig gekleidet, dass es keinen Aufschluss über die Zeit zuließ – es hätten auch die Achtziger- oder Neunzigerjahre sein können. Nur das Handyklingeln hier und da verriet, dass die Jahrtausendwende stattgefunden hatte.

Miia saß an einem Ecktisch in der *Alten Dame* und hatte von dort den Kinderspielplatz im Blick. Die *Alte Dame* und *Palokaskis Brennstoff* waren die einzigen Bars im Einkaufszentrum, und weil in der *Alten Dame* das Bier einen Euro mehr kostete, fühlten die Gäste sich hier einen Tick gehobener.

Miia trank Starkbier. In den Innenstadtkneipen hätte sie das nicht bestellt, aber hier scherte sich niemand darum. Schon nach wenigen Schlucken spürte sie die entspannende Wirkung des Alkohols im ganzen Körper. Sie wollte alles hinter sich lassen: die Schüler und die Polizei, besonders Laura und Korhonen, sogar ihre leidenschaftliche Affäre mit Antti, einer losen Bekanntschaft. Sie wollte sich endlich auf ihr eigenes Leben konzentrieren, was immer das bedeutete. Zum Glück war es gerade mal sechs Uhr. Der Abend war noch lang, sie konnte in Ruhe ein paar Biere trinken und trotzdem früh ins Bett gehen. Und morgen ganz neu an der Schule anfangen. Endlich die gelassene, kompetente Sonderpädagogin sein, die sie von Anfang an hätte sein sollen – ehe die Sache mit Laura dazwischenkam.

Miia schlug die Zeitung auf, konnte sich aber nicht richtig konzentrieren. Sie dachte schon an die Schlagzeilen von morgen: Sundsbergs Infos würden kurz und knapp erwähnt werden, und die Polizei stünde gut da, weil der Fall endlich erledigt war. Miia und Nikke würden nicht vorkommen, und vermutlich würde es Jahre dauern, bis Nikke sich von der rufschädigenden Verdächtigung erholt hatte. Die Welt würde sich weiterdrehen, und alle würden Laura Anderson vergessen. Alle außer Miia.

»Was macht mein Schwesterherz an einem Ort wie diesem?«

Miia hob den Blick und schaute in Nikkes grinsendes Gesicht.

»Dasselbe könnte ich mein Bruderherz fragen.« Miia freute sich und klopfte auf den freien Stuhl neben sich. Nikke ging kurz zur Theke, kam mit zwei Whiskeygläsern zurück und setzte sich zu ihr.

»Geht's uns wirklich so schlecht?«, fragte Miia mit Blick auf den Whiskey.

»Ich würde es so sagen: Den haben wir uns verdient.«

»Da hast du absolut Recht«, sagte Miia und hob ihr Glas. Ihr Bruder wusste eben, was sie jetzt brauchte.

Nikke warf einen Blick in die Zeitung, so dass Miia Gelegenheit hatte, ihn heimlich zu mustern. Dunkle Augenringe, tiefe Stirnfalten und eine fahle Haut verrieten, dass er zu wenig schlief. Nikke war Psychologe an der Schule Palokaski, Laura war seine Klientin gewesen. Die beiden hatten sich so regelmäßig gesehen, dass sogar Miia für einen kurzen Moment geglaubt hatte, es könne mehr sein als nur eine gute professionelle Beziehung. Dass Nikke jedoch schuld war an Lauras Verschwinden – was viele angenommen hatten –, war Miia vollkommen absurd vorgekommen. Trotzdem hatte sie sich gefragt, weshalb Lauras Probleme ihren Bruder so sehr beschäftigten. Auch wenn er inzwischen von jedem Verdacht freigesprochen war, Lauras Tod würde er nie vergessen.

»Was gibt's Neues von der Polizei?«, fragte Nikke und legte die Zeitung auf den Nachbartisch.

»Die haben den Fall Laura jetzt offiziell abgeschlossen. Laura hat nach der Strandparty am letzten Ferienwochenende einen Spaziergang an den Klippen gemacht und ist betrunken ins Meer gestürzt. Die Obduktion hat keine Spuren an ihrem Körper gefunden, die auf eine Gewalttat hinweisen würden. Die Untersuchungen sind beendet. Klar könnte es auch Selbstmord gewesen sein, aber davon geht niemand aus.«

»Was ist mit Toni Ojantaus, Jimbo und den anderen Jungs?«, fragte Nikke.

Miia hatte sofort das Video vor Augen, auf dem Laura mit den Jungs Gruppensex zu haben schien. In ihrem Tagebuch stand allerdings, dass dies nur gespielt und auch die Aufnahme mit ihrem Einverständnis gemacht worden war.

»Die Jungs wurden alle befragt, jeder hat ein Alibi. Und da Lauras Körper keine Spuren von Gewalt aufweist – wieso sollte die Polizei die Jungs weiter verdächtigen? Das einzig Seltsame sind Lauras Hormonwerte. Die Pathologin sagt, dass sonst nur Frauen mit Kinderwunsch und Fruchtbarkeitsbehandlung solche Werte haben. Aber Laura ging noch zur Schule, insofern kommt so was wohl kaum in Betracht.«

»Moment. An unserer Schule gab es doch vor kurzem diesen Kinderwunschboom. Etliche Mädchen wollten plötzlich schwanger werden«, fiel Nikke ein. »Vielleicht auch Laura.«

Miia wurde nachdenklich. »Hm. Korhonen ist der Meinung, dass man den Fall noch nicht abschließen sollte. Ich habe immer mehr das Gefühl, er könnte Recht haben.«

Sie starrte auf die leeren Gläser und stand ruckartig auf.

»Ich hole uns mal Nachschub.«

An der Theke musste sie tief durchatmen, um nicht in Panik zu geraten. Am Fenster tauchte plötzlich ein markanter, kurzhaariger Männerkopf auf: Es war Antti, den sie vor ein paar Wochen am Strand kennengelernt und mit dem sie eine Affäre begonnen hatte. Bei ihrem letzten Treffen hatte er sich erschreckend eifersüchtig gezeigt und mit ihrem Lippenstift »Hure« an ihren Badezimmerspiegel geschrieben. Und noch eine andere Sache hatte Miia Angst gemacht: In Anttis Haaren hingen Tannennadeln, was eigentlich ganz süß gewesen wäre, wenn nicht gerade Toni Ojantaus' kleiner Bruder Lauri, einer von Miias sogenannten Problemschülern, zusammengeschlagen worden wäre – in einem Nadelwald.

Hoffentlich wollte Antti nicht in die *Alte Dame*. Miia zählte stumm bis fünfzig. Nichts geschah, die Tür blieb zu. Anscheinend war Antti weitergegangen.

Miia kehrte mit zwei frisch gezapften großen Bieren an den Tisch zurück, ihre Knie zitterten leicht.

»Wie geht es Suski?«, fragte Miia, wie um sich abzulenken. Als sie Nikkes Frau Suski das letzte Mal gesehen hatte, war diese fast beängstigend gut gelaunt gewesen. Sie unterzog sich einer Hormonbehandlung und glaubte fest, dass es diesmal mit dem Schwangerwerden klappen würde.

»Die Gute ist hyperaktiv wie immer«, erwiderte Nikke. »Sie plant das Gipfeltreffen der Geburtstagskinder, ich soll dich an den Termin erinnern. Sie wirbelt durch die Küche und probiert Rezepte aus. Ich hab ihr gesagt, dass ich einen kurzen Spaziergang mache.«

Ach ja, das Gipfeltreffen bei ihrer Mutter, bei dem auf einen Schlag alle Geburtstage gefeiert wurden.

»Klar, ich komme.«

Nachdem Miia und Nikke ein paar Anekdoten vom letzten Gipfeltreffen ausgetauscht hatten, kehrte Stille ein. Nikkes Blick wanderte müde die Wände entlang.

Der Arme. Miia konnte sich gut vorstellen, wie fertig er war. In den letzten Wochen war eine Menge passiert: Er war als Täter im Fall Laura verdächtigt worden, hatte anonyme Drohbriefe und -anrufe erhalten, war in den Klatschspalten der Zeitungen und Onlinedienste aufgetaucht. Dazu noch eine Ehefrau mit superlaut tickender biologischer Uhr, die am Rad drehte.

»Sag mal, hast du dir ein zweites Auto gekauft oder so was?«, unterbrach Nikke ihre Gedanken.

»Wieso das?«, fragte Miia verdutzt.

»Das ist doch ein Autoschlüssel, oder nicht? Und zwar nicht der zu deiner alten Karre.« Nikke zeigte auf den Gegenstand in ihrer rechten Hand.

Shit. Tatsächlich. Miia hatte den Schlüssel schnell in ihre Hosentasche gestopft, als sie bei ihrem Ausflug in die Asservatenkammer gestört worden war. Laura hatte ihn bei sich gehabt, als sie ins Meer fiel. Jetzt hatte Miia ihn ganz unbemerkt aus ihrer Tasche geholt und damit herumgespielt. Sie musste ihn so bald wie möglich zurückbringen.

»Ja, das ist ein Autoschlüssel. Und natürlich nicht meiner. Ist eine längere Geschichte, erkläre ich dir ein andermal. Was hältst du von folgendem Vorschlag: Du rufst Suski an und sagst ihr, dass ich heute dringend deine Gesellschaft brauche. Und dann sitzen wir hier noch ein, zwei Stündchen und betrinken uns ein bisschen. Reden über alles Mögliche außer über Laura.«

»Das ist die beste Idee, die ich seit langem gehört habe.«

7 Lauter Eurodance schallte durchs Fitnessstudio Gym24. Saska Korhonen hatte nichts dagegen – auch wenn das nicht seine Lieblingsmusik war, verbreitete sie gute Laune und gab ihm Schwung fürs Training.

Anfangs war Saska dreimal wöchentlich hergekommen, so, wie sein Fußballtrainer es für die ganze Mannschaft verordnet hatte. Inzwischen genügte ihm das nicht mehr. Er hatte die Gewichte für das Muskeltraining in Eigenregie hochgesetzt und fühlte sich fitter denn je. Für einen Siebzehnjährigen hatte er extrem viel Kraft. Und er wollte noch stärker werden. Dass seine Freundin Saimi begeistert war von seinem Sixpack, war nur ein angenehmer Nebeneffekt. Und Saimi war sicher nicht die Einzige, der sein muskulöser Körper gefiel.

Wenn er seine körperliche Leistung noch steigerte, würde ihm das in zwei Jahren helfen, auf die Polizeischule zu kommen. Das war sein Traum, schon seit er klein war. Aber er wollte nicht einfach ein kleiner Polizist werden, er wollte Verbrechen aufklären. So, wie sein Opa – der den Fall Laura Anderson bearbeitet hatte. Leider waren sein Opa und auch sein Vater der Ansicht, dass Saska sich noch Alternativen überlegen sollte. Dabei hatte sein Opa schon oft gesagt, dass Saska das Zeug zum Polizisten hätte, weil er scharfsinnig, ausgeglichen und ausdauernd war. Trotzdem fand er, dass man seinen Lebensunterhalt auch angenehmer verdienen konnte. Saskas Vater wiederum wünschte sich ganz konkret einen Nachfolger für seine Baufirma. Doch Saska interessierte das nicht. Die letzten drei Jahre hatte er seinem Vater in den Sommerferien geholfen – der Funke sprang einfach nicht über.

Saska stieg aufs Trimmrad und wärmte sich ein bisschen auf. Er war fast allein im Studio. Eigentlich kam Saska nie freitags, aber heute war er nach dem Fußballtraining noch hergeradelt. Seine Freundin Saimi war bei einem Mädchenabend, und auf die Party im Uferpavillon für Laura Anderson hatte er keine Lust. Erstens kannte er Laura kaum, da er auf eine andere, sportorientierte Schule ging, und zweitens schadete es seiner Kondition, wenn er abends lange ausging. Und er wollte in Topform sein, wenn sein Trainer die Startelf zusammenstellte.

Trotzdem fand er den Fall Laura Anderson nicht uninteressant. Die Sache war ständig in den Medien gewesen, und obendrein hatte er gehört, dass McCoy, Personal Trainer in seinem Fitnessstudio und nach einem finnischen Rockstar benannt, behauptet hatte, Laura würde jemanden mit einer hohen Summe Geld erpressen.

Vielleicht konnte Saska seinem Opa eine wichtige Information zuspielen? Vielleicht die alles entscheidende? Dass Laura durch einen tragischen Unfall gestorben war, glaubte Saska nicht. Genauso wenig wie sein Opa, genauso wenig wie viele Stimmen im Internet. Saska diskutierte in einem Kriminalforum für Laien mit.

Saska wollte mit McCoy sprechen, der eigentlich so gut wie jeden Abend da war. Wieso war er heute noch nicht aufgetaucht? Saska ließ sich nicht entmutigen. So hatte er noch etwas Zeit, sich auf die Begegnung vorzubereiten.

McCoy war der stärkste Mann im Saal, ohne sich zum Klischee-Bodybuilder zu stilisieren. Weder war er braungebrannt, noch sahen seine Muskeln aus, als würden sie jeden Moment platzen. Aber alle wussten, dass er der Beste war.

Ihn als Personal Trainer zu heuern wäre zu teuer gewesen und außerdem nicht glaubwürdig; für ein Training wie das von Saska war kein Spezialist nötig. Also hatte Saska McCoy vor ein paar Tagen ein bisschen provoziert, indem er den Beruf des Personal Trainers lautstark runtermachte: Das seien doch nur Leute, die auf Kosten anderer faul sein durften. Er, Saska, würde sich eher erschießen, als so einem Trainer das Geld hinterherzuwerfen. McCoy hatte angebissen. Er war zu ihm herübergeschlendert und hatte ihm mit breitem Grinsen seine Visitenkarte überreicht.

Saska war fast fertig mit seinem Training und dehnte sich auf der Bodenmatte, als er endlich den schwachen Geruch von Zigaretten wahrnahm. Obwohl McCoy im Fitnesssektor arbeitete, gönnte er sich fast zwei Schachteln am Tag.

»Wenn du einen Personal Trainer hättest, wüsstest du, dass deine Dehnübungen mehr schaden als nützen«, spottete er.

Saska, der gerade auf dem Bauch lag, riss den Kopf hoch und sah zu McCoy. »Ha, ha.«

Im gleichen Moment fuhr ein stechender Schmerz in seinen Nacken und von dort weiter in die Wirbelsäule.

»Rücken gerade machen, Kopf ablegen, Junge. Das muss weh getan haben.«

McCoy drückte auf Saskas Rücken herum. Erst wurde der Schmerz stärker, dann löste er sich plötzlich in Luft auf.

Saska schaute zu ihm hoch.

»Wie hast du das gemacht?«, fragte er verblüfft.

»Du weißt doch, ich gehöre zu denen, die auf Kosten anderer faul sind. Da lernt man so was.« McCoy lachte.

»Danke für deine Hilfe. Meine Mannschaft hat nächste Woche wieder ein Spiel, ich dachte schon, ich muss auf der Bank sitzen.«

»Ich gebe dir einen Tipp: Keine ruckartigen Bewegungen mit dem Kopf. Und den Rücken immer schön gerade lassen.«

»Okay.«

»Du solltest deine Bauch- und Rückenmuskulatur weiter aufbauen. Je fester dein Korsett, desto geringer die Verletzungsgefahr.«

»Das war ja schon der zweite Tipp.«

»Bingo, macht hundert Euro.« McCoy grinste und wandte sich zum Gehen.

Saska musste ihn irgendwie aufhalten.

»Ich hätte noch eine Frage zum Thema Muskelaufbau.«

»So?« McCoy drehte sich um und wirkte auf einmal leicht angespannt.

»Ich bräuchte dringend mehr Muskelmasse, und zwar nicht nur am Bauch und am Rücken, sondern überall. Und zwar schnell.«

McCoy sah ihm ganz direkt in die Augen. Um sie herum schien es stiller zu werden, doch als Saska sich kurz umschaute, waren alle ganz normal an ihren Geräten beschäftigt.

»Worauf willst du hinaus?«, fragte McCoy.

Saska wurde nervös. Sollte er besser die Klappe halten? Nein, er wollte seinem Opa und im Kriminalforum etwas erzählen können.

»Ich frage mich, ob man außer Hüttenkäse und Haferbrei noch was anderes zu sich nehmen kann, wenn man größere Muskeln haben will.«

McCoy schüttelte den Kopf wie ein enttäuschter Vater.

Saska biss sich auf die Lippen. »Sorry. War wohl eine dumme Idee.«

»Das kannst du laut sagen.«

»'tschuldigung. War blöd, dich nach Pillen zu fragen.«

»Saska. Halt einfach den Mund.«

McCoy schaute kurz zu zwei schrankgroßen Männern, die auf der anderen Seite des Raums standen und zu ihnen herübersahen. Wachschutz?

Dann schien McCoy wieder ganz ruhig.

»Was wolltest du nochmal werden, wenn du mit der

Schule fertig bist?«, fragte er. »Du hast es mir schon mal erzählt, aber ich erinnere mich gerade nicht.«

»Polizist«, erwiderte Saska irritiert. Worauf wollte McCoy hinaus?

»Ah ja. Genau. In dem Fall vergessen wir doch die kleine Szene von eben und tun lieber so, als hättest du mich das nie gefragt.«

Saska holte tief Luft. »Ja.«

»Denn abgesehen von eben wird aus dir sicher ein guter Polizist.«

»Sagt mein Opa auch.«

Saska entspannte sich wieder. Endlich lief das Gespräch in die gewünschte Richtung.

»Dein Opa. Kann der das denn beurteilen?«

»Der ist selber Polizist. Kommissar. Hat den Fall Laura Anderson untersucht.«

»Tatsächlich?« Auf McCoys Stirn erschien eine Falte, seine Lippen schlossen sich zu einem Strich. Es war eindeutig: McCoy hatte irgendetwas mit der Geschichte zu tun. Vielleicht sogar die zwei Muskelmänner gegenüber. »Aber ist der Fall denn nicht abgeschlossen? In der Zeitung stand, dass es ein Unfall war.«

»Da ist mein Opa anderer Meinung. Ich denke nicht, dass die Sache schon zu Ende ist.«

Jetzt grinste McCoy wieder wie vorher. Hatte es die Stirnfalte und den zusammengepressten Mund wirklich gegeben?

»Ich muss los, Saska. Pass auf dich auf.«

Er klopfte Saska auf die Schulter. In dem Moment klingelte sein Handy – der Klingelton war *Paranoid*. McCoy sprach leise, aber Saska hörte es trotzdem:

»Neuigkeiten? Schieß los.«

Saska stand lange unter der warmen Dusche und dachte über das Gespräch nach. Er hatte mit dem Thema Anabolika eine vertrauliche Atmosphäre herstellen wollen, in der man auch über Laura hätte reden können. Mist. Er war übers Ziel hinausgeschossen. Dabei wirkte McCoy sympathisch. Aber eben nicht wie jemand, der schnell sein Wissen preisgab.

Saska schlang sein Handtuch um die Hüften und ging in den Umkleideraum. Als er seinen Holzschrank aufschließen wollte, stellte er fest, dass dieser bereits offen war. Seltsam. Hatte er vergessen abzuschließen? Konnte eigentlich nicht sein – seit kürzlich sein iPad geklaut worden war, prüfte er alles doppelt.

Hektisch durchwühlte er seine Sachen, warf die Klamotten auf den Boden und griff in die kleine Reißverschlusstasche seines Rucksacks. Ein Glück. Alles noch da. Wahrscheinlich hatte er doch vergessen, den Schrank abzuschließen.

8 Der Sturm, der bei der Gedenkveranstaltung für Laura die Dramatik der Ereignisse untermalt hatte, war nur noch ein schwacher, von Nieseltropfen durchtränkter Wind. Schon nach wenigen Minuten unter freiem Himmel fühlte Noras Kleidung sich feucht an. Sie war unterwegs zum Uferpavillon und stapfte trotzig durch die Pfützen. Sie fühlte sich genauso stark wie mit fünf, als sie mit selbstgebauten Flügeln auf ihr Spielhäuschen kletterte und vom Dach auf die Erde flog.

Ja, sie würde es tun, sie würde den Pavillon betreten und die fragenden Gesichter der anderen ignorieren. Sie stellte die Musik noch lauter, Lady Gagas *Born this way*, und ging noch schneller.

Aus dem Pavillon drang lautes Gekicher und Gekreische. Laura wäre zufrieden gewesen mit einer solchen Party. Doch auf einmal gehorchten Noras Beine nicht mehr: Unter einer großen Linde stand das Auto, mit dem Toni und Jimbo Laura vor ein paar Wochen am Strand abgeholt hatten. Jemanden wie Nora würden die Jungs nie mitnehmen. Schlagartig wich alle Kraft aus ihr, und sie wusste wieder, wie klein und unbedeutend sie war. Wie wenig sie dazugehörte.

Mit hängenden Schultern entfernte sie sich und trat ein paar hundert Meter entfernt ans Ufer. Hoffentlich hatte niemand sie gesehen. Durch den dichter werdenden Regen verschwammen die Lichter im Pavillon zu einem diffusen Glimmen. Das Meer war im Dunkel kaum auszumachen, nur der Wind, der Nora entgegenwehte, erinnerte an die kühle Weite, die vor ihr lag. Noras Lederjacke war inzwischen nass, ihre Zähne klapperten. Sie musste unbedingt ins Warme. Nach Hause gehen konnte sie nicht. Sie wollte ihre Eltern nicht enttäuschen – sie durften auf keinen Fall mitkriegen, dass weder Laura noch Jenna mit ihr befreundet sein wollten.

Die Umkleidekabinen oben am Waldrand! Dort war sie wenigstens vom Wind geschützt. Nora stolperte durch den nassen Sand. Zum Wald hin wurde es immer dunkler, die spärliche Uferbeleuchtung war zu weit entfernt. Angst überkam sie. Wenn jetzt etwas passierte, jemand sie überfiel, vielleicht vergewaltigen wollte – niemand würde sie hören, niemand ihr helfen. Und niemand sie vermissen. Ihre Eltern nahmen an, dass sie mit Jenna unterwegs war, und im Pavillon rechnete sowieso niemand mit ihr. Da konnte sie genauso gut allein im Wald sterben.

Plötzlich sah sie eine winzige Flamme und dann einen orangen Punkt. Nora kniff die Augen zusammen. Neben einer der Umkleidekabinen stand ein Mann und rauchte eine Zigarette. Mit der anderen Hand hielt er sich etwas vors Gesicht. Es war ein Fernglas, das er auf den Pavillon gerichtet hatte. Hoffentlich war er noch nicht auf Nora aufmerksam geworden.

Dann durchschnitt ein Gitarrenriff die Stille. Sein Handy. Nora kannte den Song, sie hatte ihn im Musikunterricht geübt. Mit ein paar leisen Schritten zog sie sich hinter eine Kabine zurück.

»Verdammt, jetzt ruf nicht ständig an. Ich hab doch gesagt, es läuft alles bestens.« Der Mann klang genervt. Nach einer gefühlten Ewigkeit brummte er: »Glaub's mir endlich, es ist längst erledigt, ich hab die Sache im Griff.«

Nora lugte hinter der Kabine hervor und sah im Schein des Displays ein ernstes Gesicht mit zusammengepresstem Kiefer. Der Mann kam in ihre Richtung.

So leise wie möglich schlüpfte sie in die Umkleidekabine, zog lautlos die Tür hinter sich zu und tastete mit zitternden Fingern nach dem Haken. Endlich fand sie ihn, schob ihn in die Öse und verschloss die Tür.

Der Regen trommelte aufs Blechdach. Nora sackte auf der Bank zusammen. Hoffentlich kam der Mann nicht rein. Er bräuchte nur lange genug an der Tür zu rütteln, und der Haken oder die Öse würden aus dem Holz brechen.

Was zum Teufel machte sie hier, im Regen, in der Kälte, im Dunkeln? Sie könnte unter einer flauschigen Decke auf dem Sofa sitzen und mit ihren Geschwistern herumalbern! Wenn sie es heil nach Hause schaffte, würde sie nie wieder ihren Freitagabend allein verbringen, das schwor sie sich.

Dann hörte Nora, wie sich schwere Schritte entfernten und eine Autotür auf- und zuging. Der Motor startete, das Auto fuhr davon. Die Gefahr war vorbei.

9 Miia zwängte sich in den lila-schwarzen BH. Ihr erster Push-up, der ihre Brüste fast bis an den Hals hob. Sie kriegte kaum Luft, doch ihre Freundin Isabella hatte ihr versichert, dass Miias sportive Alltags-BHs für ein Date unakzeptabel waren.

»Und auch sonst sollte man immer hübsche Unterwäsche tragen«, hatte Isabella ihr im Dessousgeschäft eingeschärft. »Stell dir vor, du hast mitten in Helsinki einen Unfall, und der Sanitäter oder Arzt, der dich rettet, sieht dich im Krankenhaus in deiner alten Unterwäsche. Vielleicht ist er der Mann deines Lebens! Und genauso ist es bei einem Date. Wenn man die falsche Unterwäsche trägt, kann das nichts werden.«

»Wenn man erst mal so weit gekommen ist, interessiert einen doch viel mehr, was *unter* der Wäsche ist!«

»Ach, Miia. Du kapierst das nicht. Allein das Wissen, dass man überall seine Wäsche herzeigen kann, selbst in einer überfüllten Kneipe auf der Theke, macht einen stark und anziehend. Es geht um das eigene Selbstwertgefühl.«

Miia warf einen Blick auf ihr Handy. In fünfzehn Minuten würde Mikael sie abholen. Mikael, Mikael. Miia prüfte den Klang des Namens, der von Mal zu Mal schöner wurde. Dabei war Mikael eigentlich gar nicht der Typ, auf den sie sonst ansprang: bärig, fürsorglich, gut betucht, der perfekte Familienvater. Mit großem Segelboot im Hafen. Einer der begehrtesten Junggesellen von Palokaski.

Miia hatte ihn bei einem Kneipenabend mit ihren Freundinnen Isabella, Suski und Aikku kennengelernt und ihn zunächst abblitzen lassen. Erst als sie ihn zufällig im Wald traf, wo Mikael ihren Schüler Lauri gerettet hatte – Lauri war übel zusammengeschlagen worden – überlegte sie es sich anders.

Miia stieg auf den Klodeckel und überprüfte den Sitz ihres neuen Slips im Spiegel. Auch dies war ein Push-up-Modell, in dem Miia ihren Hintern allerdings viel zu kugelig fand.

Im Spiegel war noch immer ein Rest von Anttis Lippenstiftgekritzel zu sehen ... *Hure.* Miia musste an die Szene bei Twin Peaks denken, in der Laura Palmers Vater sich im Spiegel als sein düsteres Alter Ego Bob sieht. Miias Herz begann zu klopfen. Als Antti ihren Spiegel beschmiert hatte, war sie tatsächlich mit einem anderen Mann unterwegs gewesen. Sie saß neben Mikael in dessen Auto, sie hatten gerade Lauri gerettet. Aber woher hätte Antti das wissen sollen? Von Tiina Ojantaus, Lauris Mutter? Sie war auch vor Ort gewesen, hatte den Krankenwagen gerufen und Miia mit Mikael gesehen. Standen Tiina und Antti etwa in engem Kontakt? Vertrieb Antti womöglich auch Tiinas nervige Wellness & Spirit-Produkte? Miia fiel wieder der kleine silberne Engel ein, den sie bei Lauras Gedenkveranstaltung an Tiina Ojantaus' Hals gesehen hatte. Den auch Laura getragen hatte. Sie musste von alldem unbedingt Korhonen erzählen.

Ein Handypiepen unterbrach ihre Gedanken. *Zehn Minuten zu spät, sorry!* Mikael war wirklich eine Klasse für sich. Bisher hatte Miia es vor allem mit Männern zu tun gehabt, denen feste Zeitpläne und Verabredungen egal waren. Bis zu einem bestimmten Grad hatte Miia ihren Freiheitsdrang sogar attraktiv gefunden. Jetzt wurde ihr beim Gedanken an den zuverlässigen Mikael warm ums Herz und weich in den Knien. Was war los mit ihr? Sie war mit ihm sogar schon bei Ikea gewesen, wo sie sich perfekt in das Bild der vielen Paare und Familien eingefügt hatten. Nur dass sie beide sich beim Einkaufen kein bisschen stritten. Obendrein noch ihre Namen – Miia und Mikael. Das passte so gut, als hätte es sich jemand ausgedacht.

»Du siehst phantastisch aus«, begrüßte Mikael sie und zwinkerte ihr zu.

»Danke. Du aber auch.«

Mikaels Kompliment tat ihr gut. Wer weiß, vielleicht hatte Isabella Recht und es machte doch einen Unterschied, was man für Unterwäsche trug.

In Helsinki angekommen, fuhr Mikael seinen Wagen in Stockmanns Parkgarage. Auf den Straßen waren nicht mehr viele Menschen unterwegs. Vom Meer her wehte ein kalter Wind; Mikael schlang fürsorglich einen Arm um Miia. Neugierig sah Miia den Entgegenkommenden ins Gesicht: Wie reagierten sie auf das Paar? Merkten sie, dass sich bei Miia – typischer Fall von Bindungsangst – ab und zu ein leiser Weglaufreflex regte? Zu ihrer Enttäuschung beachtete sie kaum jemand. Nur ein älterer Mann schielte gierig nach dem kurzen Saum ihres Kleides. Idiot.

Mikael hatte einen Tisch im Theaterrestaurant reserviert, und beim Reinkommen musste Miia erneut an Isabella denken: Das eng sitzende schwarze Kleid, das sie ihr empfohlen hatte, war wirklich perfekt für diesen Ort. Nach einem Glas Sekt fühlte Miia sich gelöst und dachte nicht mehr an ihre Arbeit, ebenso wenig an Laura oder Korhonen. Sie brachte Mikael zum Lachen und amüsierte sich ihrerseits über seine Anekdoten. Angeblich hatte ein Freund von ihm bei einem Langstreckenflug mit der Fernbedienung für das Filmprogramm versehentlich ins Cockpit gefunkt. Miia lachte, warf die Haare zurück, sah Mikael in die Augen. Was für ein netter Typ. Der ideale Ehemann, beständig und verlässlich, garantiert toll im Bett.

»Der Salat für die Dame?«, fragte die Kellnerin und hielt ihr einen Teller voller Grünzeug hin.

»Nein, ich hatte das Steak bestellt«, entgegnete Miia.

Shit, das hatte sie gar nicht mitbekommen – Mikael wollte als Hauptgang einen großen Salat? Für Miia stand schon seit der Pubertät fest, dass echte Männer keinen Salat bestellten, kein Lippenbalsam benutzten und keine Light-Getränke tranken. Plötzlich sah sie ihren Begleiter mit anderen Augen. Und kriegte Mikael nicht sogar schon eine Glatze, hatte er nicht einen leichten Silberblick? Miia winkte die Kellnerin an den Tisch und bestellte schnell einen Rotwein.

Als sie beim Nachtisch angekommen waren und der Kaffee serviert wurde, hatte die Stimmung sich längst wieder entspannt. Miia fiel der Rat von Isabella ein, zwischendurch auf die Toilette zu gehen und den Sitz der Kleidung zu überprüfen. Sie murmelte etwas von »Nasepudern« und marschierte ins Kellergeschoss, wo sich die Toiletten befanden.

Vom langen Flur aus konnte man in die Kellerbar des Theaters sehen. Miia blieb wie angewurzelt stehen: An der Theke saß Antti und prostete einem Freund zu, dann blickte er auf und bemerkte Miia. Ihre Blicke kreuzten sich, Miia lächelte irritiert und stöckelte weiter.

Mit klopfendem Herzen blieb sie vor dem Spiegel stehen und hielt sich am Waschbecken fest. Schließlich gab sie sich einen Ruck und ging mit wackligen Beinen auf die hinterste Toilette. Ehe sie die Tür hinter sich zumachen konnte, drängte sich jemand mit in die Kabine, umfasste ihre Pobacken und schob sie sanft an die Wand.

Antti.

»Psst, ganz leise«, flüsterte er ihr ins Ohr und zog ihr Kleid hoch.

Vor Lust hätte Miia am liebsten geschrien. Gerade noch hatte sie gedacht, sie sei glücklich, doch das stimmte nicht. Das hier war es, was sie brauchte, den leidenschaftlichen Antti – nicht Mikael, der zaghaft in seinem Salat stocherte.

»Deine Unterwäsche müsste verboten werden«, sagte Antti anschließend und küsste Miia auf den Mund. »Wir sehen uns.«

10

Nora wachte von dem Geschrei ihrer Geschwister auf. Müde tastete sie nach ihrem Handy – 13:05 Uhr. Wieso hatte niemand sie geweckt? Wollte selbst ihre eigene Familie nichts mehr mit ihr zu tun haben? Dann fiel es ihr ein. Vor ein paar Stunden hatte ihre Mutter den Kopf durch die Tür gesteckt, doch Nora hatte sie mit ein paar bösen Sprüchen vertrieben.

Noras Gedanken wanderten zurück zum gestrigen Abend. Als sie nach Hause kam, hatten ihre Eltern einträchtig auf dem Sofa gehockt.

»Wie war's?«, hatte ihr Vater gefragt. Seine Augen glänzten.

»Du bist ja ziemlich früh wieder da«, sagte ihre Mutter.

Vor ihnen stand eine leere Flasche Wein.

So langsam wurde Nora wütend. Sogar ihre Eltern hatten sich besser amüsiert als sie.

»Gut war's, aber am Ende waren alle so betrunken, dass ich keine Lust mehr hatte.«

Statt sich noch zu ihren Eltern zu setzen, ging Nora sofort nach oben in ihr Zimmer.

»Warum hast du Jenna nicht wieder mitgebracht?«, rief ihre Mutter ihr nach.

»Die ist nach Hause gegangen.«

Demonstrativ knallte sie ihre Zimmertür hinter sich zu: Bitte keine weiteren Fragen mehr. Sie schälte sich aus der klatschnassen Lederjacke, ließ sich aufs Bett fallen und klappte ihren Laptop auf. Wo auch immer sie hinklickte, stieß sie auf neue lustige Fotos von der Party im Uferpavillon. Draußen in der Umkleidekabine hatte sie sich in ihr warmes Bett gesehnt, doch jetzt hatte sie schon wieder das Gefühl, am falschen Ort zu sein.

Nora schaute bei Ritas Blog *jackpot world* vorbei. Morgens vor der Schule hatte sie Ritas neue Céline-Tasche bewundert, und siehe da, Rita hatte das Lob kommentiert: *Danke für deine lieben Worte, Süße.* Unwillkürlich musste Nora lächeln – wenigstens ein Mensch, der sie mochte und beachtete.

Dann schoss ihr eine Idee durch den Kopf: Sie konnte doch selbst anfangen, einen Blog zu führen! Sofort legte sie los. Sie hieß Madde, als Kurzform von Madeleine, und wohnte in Helsinkis Künstler-Stadtteil Punavuori, in einer von ihrer Oma geerbten, frisch renovierten Zweizimmerwohnung mit eigener Sauna. Sie war zweiundzwanzig, studierte an der Hochschule für Wirtschaft – Schwerpunkt Personalführung – und hatte gerade einen Job in einem Hipster-Geschäft an den Nagel gehängt, um sich ihrem Blog widmen zu können. Sie hatte zehn gute Freundinnen, mit denen sie regelmäßig kleine Reisen und lustige Shoppingtouren unternahm. Maddes Freund war der dreißigjährige Robben, genannt Business-Engel – Robben unterstützte vielversprechende Start-ups. Er liebte Extremsport, arbeitete gelegentlich als DJ und hatte die typische Vom-Tellerwäscher-zum-Millionär-Karriere.

Maddes Blog war sicherlich nicht frei von Rechtschreibfehlern und Stilblüten, doch das Wichtigste hatte Nora schnell erschaffen: Das Bild eines phantastischen Lebens, in das man sich jederzeit hineinflüchten konnte.

Um vier Uhr morgens hatte Nora schon fünfzig Posts verfasst. Sie war mit Robben bei ihrem Onkel in Frankreich gewesen, hatte Flüge nach New York und Dubai gebucht. Sie besaß fünf neue Jacken und drei neue Taschen (Givenchy, Dior und natürlich Vuitton). Ihr Wohnzimmer war neu eingerichtet, und ihr Personal Trainer forderte sie neuerdings noch stärker heraus, weil sie eine so gute Kondition hatte. Sie hatte sich einen Hund angeschafft und dachte langsam auch ans Kinderkriegen. Sie war mit ihren Freundinnen snowboarden gewesen. Ihre Noten an der Hochschule waren super.

Nora wurde fast schwindelig von so viel Glück und Erfolg. Jetzt mussten schnell ein paar gute Fotos her, ohne Bilder funktionierte ein Blog nicht. Außerdem brauchte Madde einen Account bei Facebook, Twitter, Instagram, Googleplus und Pinterest. Heute Nacht würde sie nicht mehr schlafen, aber das war egal. Seit Ewigkeiten fühlte Nora sich wieder lebendig.

Als es draußen schon wieder dämmerte, schlich sie in die Küche, aß eine Packung Schokoladenkekse und trank Orangensaft. Inzwischen hatte Madde haufenweise Freunde auf Facebook und Instagram. Alles Fake-Profile, die Nora erstellt hatte. Maddes Blog war gespickt mit Fotos, auf denen Nora die Cher-Perücke ihrer Mutter trug und nicht als Nora zu erkennen war. Schnell schrieb sie noch in ein paar Diskussionsforen etwas über Maddes Blog – immer mit Link natürlich.

Die erste echte Freundschaftsanfrage ließ nicht lange auf sich warten, und wenig später hatte Maddes Blog ähnlich viele Kommentare wie Ritas.

Endlich, alle liebten sie. Genauer gesagt, Madde.

11

An jedem dritten Sonntag im Monat versammelte sich Korhonens Familie zu einem gemeinsamen Mittagessen. Angefangen hatten sie damit bereits, als das erste ihrer drei Kinder auszog. Später waren die Enkelkinder dazugekommen, und heute saß endlich auch Saskas Freundin Saimi mit am Tisch.

Korhonen schaute in die Runde. Eine wohlige Welle durchflutete ihn. Er liebte diese Mittagessen, freute sich über seine lebhaften Kinder, die der finnischen Prägung zum Trotz auf fast italienische Art ihr Leben lebten, mit viel Herz und Gefühl. Bei ihnen wurde oft gelacht, und wenn es Probleme gab, wurden sie geklärt. Von diesem Tisch stand niemand böse oder verbittert auf.

Seine Frau Annikki servierte die Vorspeise, Krebssuppe mit geröstetem Weißbrot. Sie lehnte es ab, sich von den Kindern in der Küche helfen zu lassen – als ehemalige Chefköchin der Schule von Palokaski war es für sie Ehrensache, so eine vergleichsweise kleine Runde allein zu bekochen.

Das Stimmengewirr verstummte, als sie die köstliche Suppe löffelten. Dann meldete sich die zurückhaltende Saimi zu Wort und lobte die Köchin. Korhonen sah das zarte Mädchen nachdenklich an und musste unweigerlich an Laura Anderson denken. Die konnte jetzt nicht mehr mit ihrer Familie zusammensitzen. Als Nächstes stieg das Bild der Leiche in ihm auf, und ihm fiel wieder

der nächtliche Traum ein, der ihn jetzt immer öfter bedrängte: Laura lag auf dem Steg, war aber quicklebendig und winkte ihm zu. Dann legten sich Algen und Meertang über sie, und ihr Gesicht wurde wieder fahl und grau. So, wie sie tatsächlich ausgesehen hatte.

Korhonen schob die Erinnerung beiseite und konzentrierte sich auf das schmackhafte Essen. Aber seine Gedanken wanderten beharrlich zurück zu dem Mädchen. Jetzt krochen sogar Krebse über ihren Körper, verfingen sich mit den Scheren in ihren Haaren, zwickten sie in die Ohren. Ruckartig stand Korhonen auf.

»Entschuldigt mich, mir ist ein bisschen flau. Esst ihr nur weiter, ich bin gleich wieder da.«

Er ging in sein Arbeitszimmer und machte erleichtert die Tür hinter sich zu. Als die Kinder aus dem Haus waren, hatte er eines ihrer Zimmer übernommen und sich gemütlich eingerichtet. Anfangs war ihm das manchmal übertrieben vorgekommen – inzwischen war er froh, einen Ort für sich allein zu haben.

Warum machte Lauras Fall ihm so zu schaffen? Er hatte in seiner Karriere Hunderte von Fällen bearbeitet, die härter gewesen waren. Doch jetzt weigerte sich irgendetwas in ihm, die Geschichte als unglücklichen Unfall, als abgeschlossen zu betrachten. Man müsste verfolgen, was es mit den Hormonen auf sich hatte. Laura hatte die Pillen freiwillig eingenommen, das ging aus ihrem Tagebuch hervor – aber wieso? Korhonen ahnte, wohin die Spur führte, kriegte diese Ahnung aber noch nicht zu fassen. Sie entwischte ihm immer wieder, wie ein Traum, an den man sich nach dem Aufstehen zu erinnern versucht.

Korhonen schlug sein Notizbuch auf. Verdammt, da war noch so einiges ungeklärt. Was hatte es mit dem Geld auf sich, das Laura von irgendwoher erhalten sollte? Prompt hatte Korhonen mehrere Szenarien im Kopf: Laura hatte Hormone geschluckt, um jemandem ein Kind zu gebären. Der Mann könnte deutlich älter sein, reich, vielleicht verheiratet, jedenfalls würde das zu der Information passen, dass Laura ihn erpressen wollte. Oder Laura hatte sich mit einer Leihmutterschaft eine hübsche Summe Geld verdienen wollen.

Als Korhonen begann, die Namen von ein paar Männern zu notieren, die mit Laura in Verbindung standen, klopfte es.

»Opa?« Saskas wuscheliger Kopf erschien an der Tür. »Oma lässt fragen, ob alles in Ordnung ist.«

»Alles bestens, mein Junge«, brummte Korhonen leicht gereizt. Er verbrachte gern Zeit mit seinem siebzehnjährigen Enkel, aber in diesem Moment wollte er lieber allein sein.

Pech – Saska hatte sich schon auf den Stuhl vor seinem Schreibtisch gesetzt.

»Du bearbeitest einen Fall?«, fragte er.

»Wie kommst du darauf?«

»Vielleicht noch immer den von Laura Anderson?«

Korhonen musterte seinen Enkel. Konnte er ihm vertrauen? War er alt genug? Oder würde er sofort jede kleine Information an seine Mitschüler weitergeben?

»Eigentlich ist die Sache abgeschlossen, oder?«, hakte Saska nach. »Allerdings kann ich mir nicht vorstellen, dass sie so was Dummes wie Selbstmord gemacht hat.«

»Selbstmord?« Korhonen sah seinen Enkel erstaunt an. »Die offizielle Erklärung lautet, dass sie betrunken spazieren gegangen und ins Meer gefallen ist.«

»Ja. Aber das glaubst du doch selber nicht.« Saska starrte ihn gebannt an. »Du gehst von einem Mord aus, oder?«

Er würde mal ein guter Polizist werden, dachte Korhonen.

Der Junge war in kurzer Zeit einen Kopf größer geworden, über seiner Oberlippe deutete sich ein Bart an. Saska trommelte mit den Fingern auf der Lehne, als würde er ein Lied begleiten. Wenn Korhonen es recht bedachte, war sein Enkel ständig in Bewegung, trommelte, zuckte oder wippte zum Soundtrack seines jungen Lebens.

»Vielleicht haben die Jungs aus dem Video sie umgebracht.«

»Hast du das gesehen?«

»Klar, haben doch alle gesehen. Das hat auf Youtube mehr Klicks, als es Einwohner in Finnland gibt. Dabei ist es nur die zensierte Version. Aber wenn man lange genug sucht, findet man auch die unzensierte.«

Korhonen gefiel der Gedanke nicht, dass sein Enkel sah, wie eine Minderjährige gewalttätigen Gruppensex nachspielte. Wobei sich im Internet natürlich unendlich viel Schlimmeres fand.

»Ehrlich gesagt glaube ich nicht, dass diese Jungs etwas mit Lauras Tod zu tun haben«, sagte Korhonen und spürte, wie gut es tat, ein Gegenüber zu haben, und wenn es nur sein Enkelsohn war. Seine Kollegen hatten ihn in den letzten Tagen müde belächelt, waren teilweise sogar auf Abstand gegangen, nach dem Motto: Wieso sich überflüssige Arbeit machen, wenn der Chef die Sache für beendet erklärt hat?

»Es sind noch einige Fragen offen«, sagte er langsam, »und man müsste die Antworten darauf finden. Vermutlich sind sie allesamt harmlos, aber Hinweise oder Spuren sollten nun einmal bis zum Ende verfolgt werden.«

Hatte er zu viel gesagt? Nein, daraus ließ sich absolut nichts ableiten.

»Was für Hinweise meinst du denn?«

»Laura trug in der letzten Zeit immer eine Kette mit Engel-Anhänger, doch niemand weiß, woher sie den hatte. Als sie gefunden wurde, war die Kette weg. Ich könnte mir vorstellen, dass das kein Zufall ist.« Er zeigte Saska das Foto von der Trauerfeier, auf dem sie mit der Kette zu sehen war.

Saska starrte das Bild lange an.

»Okay ...«, sagte er gedehnt.

»Okay was?«

»Ich habe diese Kette mit dem Engel schon irgendwo gesehen.« Saska redete leise und langsam. Korhonen war sofort hellwach.

»Wo?«

»Im Internet, schätze ich.«

Korhonen seufzte. Das Internet mal wieder. Was man dort nicht alles fand. Trotz vereinzelter guter Erfahrungen, in denen man Fälle mit Hilfe des Internets klären konnte, blieb es als potentieller Lieferant von Beweisen äußerst schwammig. Ach je, wie oft hatte er sich schon mit Miia über dieses Thema gestritten.

»Opa, du hast doch sicher auch gehört, dass Laura jemanden erpresst hat?« Saska wollte das Gespräch unbedingt am Laufen halten.

»Woher willst du das wissen? Mal wieder aus dem Internet?«

»Nein. Das hat ein Trainer aus meinem Fitnessstudio gesagt, kurz nachdem Laura verschwunden ist. Es hörte sich an, als würde der Trainer denjenigen kennen.«

»Du gehst inzwischen ins Fitnessstudio?«

»Komm, Opa, das sieht man doch, dass ich bei Gym24 bin.« Saska schob den Ärmel seines T-Shirts hoch und spannte den Bizeps an. »Willst du, dass ich den Trainer mal wegen Laura frage?«

»Nicht nötig, mein Junge. Ich denke nicht, dass das weiterführt.«

Die Facebook-Seite, auf der unmittelbar nach Lauras Verschwinden um Hinweise gebeten wurde, quoll über vor Spekulationen. Wenn Laura nur in die Hälfte davon verwickelt gewesen wäre, hätte sie drei Leben gebraucht. Dass Laura von jemandem eine große Summe Geld erpressen wollte, stand dort mindestens zwanzig Mal zu lesen. Der Trainer, den Saska kannte, hatte seine Informationen mit Sicherheit von der Facebook-Seite.

»Wäre aber ganz einfach, Opa. Der ist sowieso immer da, wenn ich trainieren gehe.« Saska konnte es einfach nicht lassen.

»Lass uns mal zurück zu den anderen gehen, sonst wird das Essen kalt. Und überlass die Arbeit lieber mir, ich kriege wenigstens einigermaßen Geld dafür.«

Korhonen stand auf. Seine Kollegen würden sich über einen so eifrigen neuen Polizisten in ihren Reihen freuen – Saska brannte geradezu für diesen Job. Korhonen war stolz auf seinen Enkel. Und im gleichen Moment verspürte er eine leise Unruhe. Hoffentlich brachte Saska sich mit seiner Neugier nicht in Gefahr.

12

»Ist schon ein bisschen eng hier, aber so häufe ich wenigstens keinen unnötigen Kram an. Im Grunde kommt man doch mit viel weniger aus, als man denkt«, sagte Isabella und ging in die Küchennische. Miia stand in dem winzigen Flur und zog die Schuhe aus. Als Isabella von ihrem Umzug erzählt hatte, war Miia ein lichtdurchflutetes City-Apartment am Meer vor Augen gestanden – keine winzige Einzimmerwohnung, in deren Flur nur eine Person passte. Und dann die Lage. Von wegen Meerblick, die Wohnung lag in entgegengesetzter Richtung, am unattraktiven Ende von Palokaski.

»Und das Beste ist: Das Bad ist frisch renoviert.« Isabella öffnete mit einem Lächeln die Tür zum Badezimmer, in dem es zwar blitzte und blinkte, aber trotzdem nach verstopftem Abfluss stank.

»Du hast die Wohnung gekauft?«, frage Miia.

Sie wusste nicht, was sie sonst hätte sagen sollen. Ihr war schleierhaft, wie jemand freiwillig in dieses Loch ziehen konnte. Ausgerechnet Isabella, die immer schon Freude an ein wenig Luxus hatte. Bislang hatte Miia angenommen, dass sie mit dem Verkauf von Tiina Ojantaus' Wellness&Spirit-Produkten einigermaßen verdiente.

»Nein, ich wohne zur Miete.«

»Und was ist mit deiner Zweizimmerwohnung?«

»Die habe ich verkauft. Willst du was trinken? Ich

hätte diesen neuen Fliederblütentee von Tiina, sehr lecker.«

Miia ließ sich auf den Themenwechsel nicht ein.

»Wieso verkauft? Gerade du? Du hast doch schon in der Schule gepredigt, dass wir unbedingt auf eine eigene Wohnung sparen sollen, ›wieso Miete zahlen, wenn man sein Geld auch in was Eigenes investieren kann?‹, erinnerst du dich etwa nicht mehr? Du wolltest, dass wir das Geld vom Abitur in einen Bausparvertrag anlegen, und warst sauer, als wir die Kohle auf Mallorca verprasst haben!«

»Ich habe meine Meinung geändert. Besitz schafft doch nur Probleme. Ein Mann ohne Pferd ist ein glücklicher Mann, so heißt es doch?« Isabella lächelte. »Nimmst du jetzt den Fliederblütentee? Der hat eine hautreinigende Wirkung. Wenn er dir schmeckt, kannst du gleich eine Packung kaufen, ich habe noch ein paar da. Normalerweise sind die ganz schnell weg.«

Miia machte einen Schritt auf ihre Freundin zu, packte ihre Schulter und schüttelte sie sanft. »Isabella, dein Umzug hat doch was mit Tiina Ojantaus zu tun, oder?«

Mit gesenktem Blick antwortete sie: »Ich hatte Schulden bei ihr.« Ihre Stimme war nur ein Flüstern.

»Schulden?! Wie viel? Deine Zweizimmerwohnung war mindestens zweihunderttausend Euro wert.«

»Ungefähr so viel war's, ja.«

»Wie ist das möglich? Du müsstest bei ihr doch Geld *verdienen* und nicht in die Miesen rutschen.«

»Tiinas Geschäftssystem ist so komplex, dass ich selbst nicht hundertprozentig durchblicke. Man kann da anscheinend auch jede Menge Minus machen. Aber wer nicht wagt, der nicht gewinnt.«

»Die bescheißt dich!«, sagte Miia lauter, als sie beabsichtigt hatte, und schlug wütend mit der flachen Hand gegen die Schrankwand.

»Ach, das krieg ich schnell wieder in den Griff. Ich muss nur ein paar neue Verkäuferinnen anwerben. Da war ich bisher zu lahm, aber nun weiß ich das ja.« Betont schwungvoll setzte sie Teewasser auf. »Also, ich mach uns jetzt einfach mal diesen Tee. Der schmeckt echt gut.« Isabella sah Miia bittend an.

Miias Wut verrauchte. Spontan nahm sie ihre Freundin in den Arm, drückte sie richtig fest. Isabella war schon immer zierlich gewesen, aber jetzt fühlte sie sich fast mager an. Diese verfluchte Tiina Ojantaus! Miia hätte sie erwürgen können. Waren solche Geschäftsmethoden überhaupt legal? Sie musste Isabella da unbedingt loseisen, bevor sie hungernd auf der Straße saß.

»Ich probier gerne was von deinem Tee«, sagte Miia und beschloss, sich so bald wie möglich mit Suski und Aikku zu beratschlagen. Vielleicht war es Zeit für eine kleine Intervention.

»Ja, die Kette mit dem Engel kenne ich«, sagte Isabella und reichte Miia das Foto von Laura zurück. »Wieso interessierst du dich für Tiinas Schmuck?«

Miia stellte eine Gegenfrage. »Weißt du, wo sie ihn herhat?« Seit der Gedenkfeier zerbrach sie sich den Kopf darüber, wie Laura und Tiina Ojantaus in Verbindung gestanden haben könnten.

»Ich habe Tiina nie ohne die Kette gesehen. Einmal hat sie befürchtet, sie hätte sie in den Abfluss fallen lassen, ein Riesenaufstand war das. Dann hat sie die Kette unter ihrem Kopfkissen gefunden.«

»Hat sie gesagt, wer sie ihr geschenkt hat?«

»Irgendein Mann, dem sie eine Menge zu verdanken hat, angeblich so gut wie alles. Die Kette ist für sie so was wie ein Talisman.«

»Hat der Mann was mit Wellness&Spirit zu tun?«

»Glaube ich nicht. Es hat sich so angehört, als wäre das mit dem Mann zu einer Zeit passiert, als Tiina noch keine Geschäftsfrau war. Aber genau weiß ich es nicht. Was ist mit dem Tee? Willst du eine Packung kaufen?«

Miia verließ Isabellas Wohnung mit dem Pflegeset »Zauber der Jugend« im Wert von über hundert Euro. Angeblich würde damit ihre Haut innerhalb von einer Woche um Jahre jünger aussehen. Den Tee hatte sie abgelehnt, ihr war noch immer etwas flau von seinem stechenden Geschmack. Eigentlich verstieß es gegen ihre Prinzipien, auch nur einen Cent für Tiina Ojantaus' Produkte auszugeben, aber ihre Freundin tat ihr schrecklich leid. Als Miia ihr den Geldschein reichte, lächelte Isabella erleichtert. Mist, die Dinge standen wirklich schlecht bei ihr.

Zu Hause googelte Miia sofort nach Tiina Ojantaus. Sie wollte herausfinden, was sie vor ihrer Karriere im Wellness-Bereich gemacht hatte. Mit etwas Glück stieß sie vielleicht auf den Mann, den Isabella erwähnt hatte. Unter den ersten Treffern war Tiina Ojantaus' Facebookprofil. Es war für alle offen einsehbar – sicher hatte das mit Tiinas Job zu tun. Miia schaute sich die Freundesliste an und entdeckte sofort etliche Bekannte, Isabella natürlich und Tiinas Sohn Lauri und einige andere Schüler. Auch Veikko Holm, ein alter Kollege von Miia aus ihrer Zeit bei der Polizei, war darunter, und seltsamerweise auch Mikael. Und Nikke. Wieso hatte Mikael nie erwähnt, dass er Tiina kannte? Immerhin hatten sie ein paar Mal über sie gesprochen. Nikke wiederum hatte mehrfach bekundet, Tiina nicht ausstehen zu können. Wieso war ihr Bruder dann mit ihr auf Facebook befreundet?

Miia schnappte sich ihr Handy und rief Nikke an. Sein Handy war ausgeschaltet. Sie musste sich also gedulden. Mikael konnte sie schlecht anrufen, nach dem Abend im Restaurant hatte sie nicht mehr auf seine Kontaktversuche reagiert.

Im Internet fanden sich etliche Erfolgsstorys zu Wellness & Spirit. Miia überflog sie allesamt, fand jedoch nichts über einen Geldgeber, Start-up-Helfer oder Lehrvater. Überall stand, dass Tiina ihr Imperium ohne Hilfe aufgebaut hatte, ohne Fremdkapital oder professionellen Businessplan. In ihrem vorigen Leben hatte Tiina offenbar als Model gearbeitet.

Miia klappte ihren Laptop zu und versuchte es noch einmal bei Nikke. Sein Handy war weiterhin abgeschaltet. Sie ging in die Küche, öffnete den Kühlschrank und trank einen großen Schluck Apfelsaft direkt aus der Packung. Dann schnappte sie sich die Zeitung und setzte sich aufs Sofa. Nach einer Weile musste sie sich eingestehen, dass von der Zeitungslektüre rein gar nichts hängenblieb – ihre Gedanken wanderten immer wieder zu ihrer letzten Begegnung mit Antti im Restaurant. Miia konnte die Lust nicht länger ignorieren. Sie griff erneut nach ihrem Handy und rief Antti an.

Der stand nach einer halben Stunde leicht verschwitzt und nach Zigarette riechend vor ihrer Tür, nur wenige Sekunden später lag er schon in ihrem Bett. Miia ließ ihre Hände über seinen muskulösen Körper wandern. Seine Bauchmuskeln bildeten ein festes Relief, seine kräftigen Arme und Beine umspannten Miia fordernd.

»Kann es sein, dass du in den letzten Tagen ein ziemlich effektives Krafttraining hingelegt hast?«, fragte Miia.

»Gefällt's dir?«

Miia nickte. Antti war geradezu perfekt. »Noch mehr muss es dann aber doch nicht sein.«

»Alles klar«, erwiderte Antti und küsste Miia lange und entschlossen.

13

Hey, ihr Süßen!
Ich wunder mich ja ganz schön, dass so viele meinen kleinen Blog verfolgen. Hätte ich nie gedacht. Hier sitz ich also mit meiner kuscheligen Kaschmirdecke, trinke Tee und schreib ganz banales Alltagszeug – und euch macht das gute Laune! Ich hab grad zu meinem Freund Robben (kurz: R) gesagt: Hätt ich gewusst, dass andere mein Leben so interessant finden, dann hätte ich mit dem Blog schon viel früher angefangen! Lustigerweise ist das Schreiben für mich inzwischen total wichtig geworden. Ich habe ganz oft das Gefühl, dass ich euch unbedingt erzählen muss, was gerade bei mir los ist.

R hat übrigens gesagt, dass er ja auch mal was schreiben kann, wenn ihr wollt. Ich vermute zwar, dass euch das nicht sonderlich interessiert, aber wer weiß, vielleicht habe ich ja auch Jungs unter meinen Lesern? Wie schaut's aus?

Gestern hatte ich einen echt vollen Tag. Ich bin kurz vor sieben aufgestanden und ins Fitnessstudio gejoggt, um mein Programm zu absolvieren. Dann wieder zurück nach Hause und ab in die Sauna und unter die Dusche. Danach habe ich eine Weile über meinen Blog nachgedacht, und als Nächstes bin ich mit meiner süßen Freundin Katriina Brunchen gegangen. Es war einfach nur super. Ich liebe Croissants und habe gleich fünf Stück verdrückt, mit Butter und Marmelade. Dann habe ich mich auf den Sekt konzentriert, hihi. Und schließlich stand unsere schon ewig geplante Shoppingtour an. Ihr kennt das sicher: Wenn man lange von etwas geträumt hat und dann findet man es endlich, spielt der Preis keine Rolle mehr. Mir ging es gleich zwei Mal so, die Sachen waren einfach schon zu lange auf meiner Must-have-Liste. Dazu später. Auf dem Foto seht ihr mich in einem schwarzen Minikleid, das ich schon etwas länger habe. Wie findet ihr es? Hot is the new black, oder? Ich habe es abends zu einer Kinopremiere getragen. Freunde von R haben an dem Film mitgearbeitet. Natürlich haben wir danach noch die ganze Nacht gefeiert, und heute fühl ich mich entsprechend mies ... Gut, dass ich vorhin einen Termin bei der Maniküre hatte, sonst wäre ich garantiert nicht aus dem Bett gekommen.

Ich wünsch euch allen einen schönen Tag!

Take care und bis bald!

Madde

Nora las den Entwurf für ihren nächsten Eintrag zufrieden durch. Maddes Stil war zwar eher durchschnittlich, aber das schien niemanden zu stören. Ihr Blog bekam immer mehr Leser, und sogar ein paar Werbekunden hatten sich gemeldet und nach den Konditionen für eine Zusammenarbeit gefragt. Vor ein paar Tagen hatte Nora gehört, wie sich Jenna und Marsa über »den geilen Blog von diesem coolen Mädchen« unterhielten. Noch am gleichen Abend waren Jenna, Marsa und Johanna ihre Instagram-Follower. Auf Facebook wollte nur Johanna mit Madde befreundet sein, aber das spielte keine Rolle, Facebook wurde sowieso immer unwichtiger.

Bevor Nora den Text einstellen konnte, musste sie noch die Fotos dazu schießen. Zum Glück war die letzte Doppelstunde heute ausgefallen, weil ihre Sportlehrerin krank geworden war. Nora hatte die Wohnung also noch ein bisschen für sich allein, ehe die anderen nach Hause kamen.

Als Erstes ein Schnappschuss von dem Brunch. Nora ging runter in die Küche, holte Orangensaft aus dem Kühlschrank und einen Beutel Aufbackcroissants aus dem Gefrierfach. Sie legte eine weiße Tischdecke auf den Tisch, deckte das beste Geschirr und Sektgläser (mit apfelsaftgefärbtem Mineralwasser), stellte Blumen hin und setzte die Riesenpuppe ihrer Schwester so zurecht, dass sie unscharf im Hintergrund als Cafébesucherin durchgehen konnte. Niemand würde darauf kommen, dass es sich um eine banale Familienküche handelte.

Sie räumte alles wieder weg und zog als Nächstes das enge schwarze Minikleid ihrer Mutter an. Perücke auf den Kopf, dick Lippenstift auf den Mund. Leuchtender

Lippenstift war Maddes Markenzeichen, und inzwischen hatte Nora es perfekt drauf, die Fotos so aufzunehmen, dass man außer einem langen schwarzen Pony und einem riesigen roten Schmollmund kaum etwas von ihrem Gesicht sah. Die Fotos im Minikleid machte sie im frisch renovierten Nassbereich unten vor der Sauna, vor den kühl glänzenden Kacheln. Sie umfasste den Champagner aus den Vorräten ihres Vaters weit oben am Flaschenhals; dass er ungeöffnet war, konnte man so auf den Bildern nicht sehen.

Dann noch ein letztes Foto vom Kater am Morgen. Im Schlafzimmer ihrer Eltern fiel das Tageslicht durch die dunkelroten Vorhänge – perfekt für eine sinnliche, leicht verruchte Atmosphäre. Nora holte die abgeschnittenen Engelslöckchen ihrer kleinen Schwester, die seit ihrem erstem Frisörbesuch im Nachttisch der Eltern aufbewahrt wurden, aus der kleinen Schachtel. Legte sie so neben die Haare ihrer Perücke, dass man die blonden Strähnen am Rand des Fotos für Robbens Surferhaare halten konnte, die an Maddes Hals kitzelten. Gerade als sie alles wieder aufgeräumt und das Kissen vom letzten blonden Haar befreit hatte, kamen ihre Mutter und ihre Schwester nach Hause. Das war knapp, Glück gehabt.

Den Rest des Tages war Nora mit der Bildbearbeitung beschäftigt. Ihre Mutter rief sie immer wieder zum Essen oder zum Tee, aber Nora hatte Wichtigeres zu tun. Sie brauchte gute Fotos. Als sie endlich zufrieden war, stellte sie sie in ihren Blog sowie auf Instagram und

Facebook ein und versah die Bilder mit lustigen und ironischen Kommentaren und entsprechenden Hashtags.

Spätabends um elf hatte Nora noch immer keine Hausaufgaben gemacht, dafür an verschiedenen Orten im Internet eine Diskussion über Maddes Blog angezettelt, natürlich unter immer neuen falschen Namen. Im Diskussionsforum einer Zeitschrift für junge Mütter beklagte sie sich über Maddes schlechten Stil und brachte die Frage auf, ob Madde vielleicht Alkoholikerin sei, wenn sie schon so früh am Tag mehrere Gläser Sekt trank und am gleichen Abend noch weiterfeierte. Je mehr über Madde und ihren Blog geschrieben wurde, umso mehr Leute würden den Blog beachten. Und was war mit dem Mann, der neben ihr im Bett lag? Hieß es vorher nicht irgendwo, dass Robben braune Haare hatte? Und wie bezahlte Madde ihren Lebensstil?

In ein paar Stunden hatten sich lange Diskussionen über diese Fragen entfacht, Dutzende neuer Besucher klickten sich auf Maddes Blog. Auch neue Werber klopften an, allerdings noch immer kein Reisebüro. Dabei hatte Madde doch vor, nach Dubai zu fliegen – wie sollte Nora dieses Setting bloß in Palokaski nachstellen? Mit Miami würde es genauso schwierig werden, schließlich wurden die Tage spürbar kürzer, und das Licht war komplett falsch.

»Das schwarze Kleid von Madde ist echt scharf. Habt ihr das gesehen?«, fragte Johanna am nächsten Tag, als sie kurz vor der Mathestunde auf dem Flur herumhockten. »Da waren auch Pailletten drauf. Anscheinend sind die wieder angesagt.«

Nora saß ein Stück von den anderen entfernt. Niemand beachtete sie. Heute machte ihr das rein gar nichts aus.

»Woher willst du das wissen?«, fragte Marsa und lackierte ihre Nägel.

»Das hat Madde geschrieben, hast du's nicht gelesen? Sie hat das Kleid aus Paris, es ist die neue Kollektion für den nächsten Frühling«, schaltete Jenna sich ein. »Meine Mutter und ich fahren in den Weihnachtsferien nach Paris. Vielleicht kann ich das Kleid ja irgendwo auftreiben.«

»Ich hätte am liebsten so eine Dior-Handtasche. Die, die Madde sich im Internet bestellt hat«, verkündete Johanna.

»Die kostet aber ordentlich was«, meinte Jenna und bürstete sich ihre langen Haare.

»Ich kann mir ja was leihen. Gibt doch haufenweise Kredite.«

»Träum weiter. Du bist noch nicht volljährig«, sagte Marsa.

Ihr Mathelehrer kam den Gang entlang und sah die Mädchen auffordernd an. Doch die drei ließen sich Zeit, immerhin hatte es noch nicht zur Stunde geklingelt. Jenna tupfte sich ungerührt Glitzerpuder auf die Haut.

Johanna fing wieder von der Handtasche an.

»Ich muss die Tasche von Dior irgendwoher auftreiben. Dagegen sieht die von Rita fast billig aus. Vuitton, pah, ist doch langweilig.«

»Kann es sein, dass Rita auf den letzten Fotos irgendwie dicker aussah?«, warf Jenna ein.

»Ich habe ihren Blog seit Tagen nicht mehr gelesen«, sagte Marsa abfällig. »Gegen den von Madde ist der echt lahm. Ständig geht es um ihren dummen Hund, und sie macht viel zu viele kleine Mode-Fotocollagen. Wo ist da der Unterhaltungswert?«

»Bei Madde dagegen geht's wild zu. Ob sie tatsächlich neben Robben noch einen anderen Typen hat?«

»Garantiert.«

»Wow, dann will ich das auch.«

»Hey, was ist, wenn Robben Maddes Blog liest? Dann sieht er die blonden Haare von seinem Konkurrenten.«

»Vielleicht ist der Typ auf dem Foto ja doch Robben, und er hat sich bloß die Haare gefärbt.«

»Oder Madde und Robben haben eine offene Beziehung. Wär doch cool.«

Nora schrieb schnell in ihr Notizbuch: Nicht zu viel über den Hund schreiben. Keine Mode-Fotocollagen. Offene Beziehung.

Abends waren haufenweise neue Kommentare auf Maddes Blog eingetroffen. Nora dachte nicht im Traum daran, negatives Feedback zu zensieren, so wie Rita es machte. Je stärker die Reaktionen auf ihren Blog, positiv oder negativ, umso weitere Kreise zog das Ganze. Ein paar der netten Kommentare waren richtig schmeichelhaft. Und obwohl Nora wusste, dass sie Madde galten und nicht ihr, fühlte sie sich so gut wie schon ewig nicht mehr. Endlich wurde sie beachtet. Manche lobten sogar Maddes Knutschmund und die tolle Lippenstiftfarbe und bedauerten, dass sie nicht selbst so volle Lippen hatten. Immerhin war Maddes Mund ja Noras Mund.

Maddes Blog hatte inzwischen auch einen Dauerkritiker, der unter dem Namen Bob alle paar Stunden meckerte. Besonders nervte ihn, dass Madde ihr Gesicht auf jedem Foto »feige« wegdrehte. Bob behauptete, dass er Madde beim Bäcker gesehen und sie – angeblich »verzweifelt« – nach ihrer Kreditkarte gesucht hatte, nur um ein einziges Brötchen zu bezahlen. Er leitete daraus ab, dass Maddes Konto hoffnungslos überzogen und die Dauerparty bald vorbei sei. Bob machte Madde außerdem üble Vorwürfe wegen ihrer vielen Flugreisen und beschimpfte sie als Umweltsünderin. Wer auch immer sich hinter Bob verbarg, er oder sie war ein wahrer Schatz: Jeder bissige Kommentar zog mindestens zehn aufgeregte Antworten der Fans nach sich.

14

Saska dribbelte geschickt zwischen seinen Gegnern hindurch und schoss den Ball oben rechts ins Tor. Volltreffer, der Torwart hatte sich deutlich zu spät in Bewegung gesetzt. Am Rand des Fußballplatzes jubelten ein paar Eltern, Korhonen brummte zufrieden und klatschte ein paar Mal in die Hände. Saska rannte mit großer Siegergeste über den Platz und gab den jubelnden Profi. Vielleicht handelte es sich aber auch nur um die Siegergeste aus irgendeinem Computerspiel.

Korhonen sah auf die Uhr. Nur noch ein paar Minuten bis zum Schlusspfiff. Vormittags hatte sein Sohn Jukka ihn angerufen und gefragt, ob Korhonen Saska zu einem Spiel nach Porvoo fahren könne; er selbst sei beruflich verhindert. Erst hatte Korhonen absagen wollen, denn er hatte sich vorgenommen, heute mit Miia über den Fall Laura zu reden. Doch als seine Frau Annikki gedroht hatte, ihre Koffer zu packen, wenn Korhonen eine Tote wichtiger fand als seinen quicklebendigen Enkel, musste er klein beigeben.

»Gutes Match«, meinte ein Mann im Trainingsanzug, der rechts neben Korhonen stand.

»Stimmt«, erwiderte Korhonen, obwohl er das Ergebnis gar nicht genau im Kopf hatte. Denn noch mehr als das Geschehen auf dem Platz hatte ihn eine Szene am Spielfeldrand interessiert.

In der zweiten Halbzeit war plötzlich eine Frau aufgetaucht, die sich optisch deutlich von den anderen Zuschauern abhob. Sie trug einen engen Minirock und hohe Stiefel und hatte hellblond gefärbte Haare. Von weitem wirkte sie wie dreißig, aber als sie näher kam, sah man, dass hinter der dicken Schicht Schminke eher eine Fünfzigjährige steckte. Korhonen kam sie irgendwie bekannt vor.

Die Frau marschierte entschlossen auf den Trainer von Saskas Mannschaft zu. Der wollte sie abwehren, doch die Frau herrschte ihn an:

»Sie hören mir gefälligst zu!«

Der Trainer erstarrte für einen Moment, die Jungs auf dem Spielfeld sahen fragend zu ihm rüber.

»Ich verlange eine Erklärung!«, meckerte die Frau weiter.

Der Trainer beschloss sie zu ignorieren und wandte sich wieder seiner Mannschaft zu, die gerade eine Ecke bekommen hatte.

Wutschnaubend überquerte die blonde Frau den Platz, ohne das Spiel oder den Ball zu beachten. Die hohen Absätze ihrer Stiefel bohrten tiefe Löcher in den Rasen. Die Frau ging zu ihrem Auto und kam mit einem Jungen in Saskas Alter im Schlepptau wieder. Auch der Junge – der den Trainingsanzug der Mannschaft trug – kam Korhonen bekannt vor. Die Frau baute sich ein zweites Mal vor dem Trainer auf und brüllte ihn erneut an. Um was es ging, konnte Korhonen nicht hören, da in diesem Moment die Spielergebnisse durch die Lautsprecher tönten.

»Glückwunsch! Ihr Saska hat die ganze Mannschaft gerettet. Der ist wirklich ein guter Spieler.« Der Mann neben ihm hob anerkennend den Daumen und riss Korhonen aus seinen Gedanken.

»Danke«, brummte Korhonen knapp, da ihm etwas anderes auf die Schnelle nicht einfiel.

Der Mann im Trainingsanzug sah ihn leicht irritiert an.

»Bist du sicher, dass das reicht?«, fragte Korhonen seinen Enkel, als sie bei McDonald's an der Kasse standen, und zwinkerte ihm zu. Saskas vollgeladenes Tablett hätte eine halbe Fußballmannschaft satt machen können.

»Irgendeinen Nachtisch brauche ich schon noch«, erwiderte Saska mit glänzenden Augen. »Vielleicht ein Eis mit Schokosoße. Und noch eins mit Erdbeersoße.«

»Ich schlage vor, dass du erst mal aufisst, was auf deinem Tablett steht. Dann können wir immer noch einen Nachtisch holen, oder auch zwei«, wiegelte Korhonen ab.

Sie setzten sich an einen Ecktisch.

»Weißt du, Opa, mit Saimi kann man richtig super essen gehen. Die verdrückt fast genauso viel wie ich, und sie liebt Fleisch.«

»Macht sie denn auch so viel Sport?«

Verwundert dachte Korhonen an die zarte Saimi, deren Taille den Umfang von seinem Oberarm hatte.

»Nee, Sport interessiert die nicht. Aber sie hat einen guten Stoffwechsel, haben alle in ihrer Familie. Da ist keiner dick.«

»Worüber redet ihr denn, wenn deine Freundin sich nicht für Sport interessiert? Ist das nicht ein bisschen schwierig?«

»Nö, überhaupt nicht. Wir haben immer irgendwas zu quatschen. Im Moment überlegen wir, nach dem Abi nach Tampere zu ziehen. Saimi kann da Literatur studieren, und ich geh auf die Polizeischule.«

Korhonen musterte seinen Enkel, der gerade zufrieden eine große Portion Pommes in sich hineinstopfte. Wie sorglos er seiner Zukunft entgegenblickte. Wie sehr er darauf baute, dass alles gut werden würde. Wann würde sich der erste Schatten zeigen? Andererseits: Auch Korhonen hatte seine Annikki als ganz junger Mann getroffen, und er hatte ebenso sorglos in die Zukunft geschaut. Und es war alles gut geworden.

»Bist du im Fall Laura weitergekommen?«, fragte Saska unvermittelt.

»Hm, nicht so richtig«, erwiderte Korhonen erstaunt.

»Ich auch nicht.«

»Mein lieber Saska, was hast du mit dem Fall Laura zu schaffen?«

»Ich bin da einer Sache auf der Spur.«

»So?« Korhonen gefiel die Wendung des Gesprächs absolut nicht.

»Erzähl ich dir dann, wenn ich mehr Infos habe.«

»Jetzt pass mal gut auf. Du konzentrierst dich schön auf die Schule und den Sport. Und das Kommissarspielen überlässt du deinem Opa. Klar?«

Saska biss sich auf die Lippe und knüllte seine Serviette zusammen. In seinen Augen blitzte Trotz auf. Korhonen kannte diesen Blick, denn er kannte seinen Sohn und auch sich selbst. Alle drei waren sie stur und dickköpfig.

»Doch noch einen Nachtisch?«, versuchte Korhonen abzulenken und holte sein Portemonnaie aus der Tasche.

Saska nickte.

Als Korhonen mit zwei Eisbechern zurückkam, hatte sein Enkel den Tisch abgeräumt und saß erwartungsvoll lächelnd auf der Bank. Die Missstimmung von eben hatte sich in Luft aufgelöst.

»Wessen Mutter war das eigentlich vorhin? Die hat ja einen ziemlichen Aufstand gemacht«, sagte Korhonen, während Saska sich wie ein kleiner Junge seinem Eis widmete.

Die Szene von vorhin ging Korhonen nicht aus dem Kopf. Während alle anderen Eltern dem Trainer nach dem Spiel gratulierten, marschierte die Blonde mit ihrem Sohn zu ihrem knallroten Audi Coupé und fuhr mit demonstrativ quietschenden Reifen davon.

»Ach die. Das ist die Mutter von Toni. Die hat sie nicht mehr alle.«

Bei Korhonen machte es klick. Das Video von Laura.

Natürlich, es war Toni Ojantaus. Einer von den Jungen, die die Gruppensexszene mit Laura gedreht hatten.

15

Nikke erwachte selig aus einem erotischen Traum, in dem er sich als Besamer von ganz Palokaski sah.

Benommen öffnete er die Augen und blickte sich um: ein Pearl-Jam-Plakat, die Tapeten seiner Kindheit, Siegerpokale von Schulwettkämpfen. Und unter der Decke, zwischen seinen Beinen, ein Frauenkopf.

»Guten Morgen, Liebster.« Suskis Stimme.

Nikke verfolgte ungläubig, wie sie sich höher robbte und auf ihn legte, mit ihrer Zunge auffordernd seine Brustwarzen umspielte.

Er erstarrte. Sie hatten doch erst am neunzehnten August ein ausführliches Sexprogramm absolviert. Wobei der Akt selbst entsetzlich war: mechanisch und leidenschaftslos. Er hatte sich mit dem Gedanken getröstet, dass das Ganze ein Ende haben würde, sobald der künstliche Befruchtungsversuch stattgefunden hatte, was inzwischen der Fall war. Hoffentlich würden sie nun ein Kind bekommen, und das Pflichtgerammel wäre endlich abgehakt und nur noch eine unschöne Erinnerung.

Doch jetzt machte sich Suski ohne jede Vorankündigung an ihm zu schaffen. Und wollte die entscheidenden Körpersäfte nicht mal an die richtige Stelle bringen. Sollte das vielleicht eine Rückkehr zu den Freuden von früher sein? Zu den Zeiten, als Sex noch Stress ab- und nicht aufbaute?

Nikke fühlte sich unsicher und versuchte, Suski von sich runterzuschieben.

»Was ist los, Schatz?«, fragte Suski mit großen Augen.

»Ich will joggen«, erwiderte Nikke, »das Wetter ist perfekt.«

»Kannst du nicht mal einen Tag Pause machen?« Suski schmiegte sich erneut an ihn. »Wir müssen doch auch mal wieder Spaß haben.«

»Aber nicht jetzt. Du weißt, wie wichtig mir das Laufen ist. Außerdem sind wir bei meiner Mutter, sie könnte uns hören.«

Suski richtete sich empört auf.

»Wir haben es hier auch schon früher gemacht, und da war deine Mutter dir egal, obwohl sie gleich nebenan Brötchen gebacken hat. Du sagst mir jetzt bitte ganz ehrlich, was los ist.«

»Suski. Ganz ehrlich, und du weißt es: Ich trainiere für den Marathon.«

Draußen war es klar und frisch. Nikke rannte bewusst schneller, als es für den Anfang gut war; er wollte sich spüren. Ein kleiner Schmerz hier und da, ein Stechen in der Lunge oder in den Rippen fühlte sich wunderbar lebendig an. Irgendwann drosselte er das Tempo und fand einen geschmeidigen Laufrhythmus.

Nikke joggte durch ein Neubaugebiet mit Einfamilienhäusern. Früher waren hier Wiesen mit Apfelbäumen, heute fand man kaum einen Parkplatz. So änderte sich alles. Auch Nikkes Leben hatte sich geändert. Nach der Geschichte mit Laura wollte er einen neuen Anfang machen. Er hatte sich geschworen, regelmäßig joggen zu gehen, besser für sich zu sorgen und wieder neu an die Liebe zu glauben. Denn die Liebe war eine Willenssache. Seine Liebe zu Suski brauchte keinen ständigen Sex oder aufgesetzte Verführungskünste wie heute Morgen. Was sie jetzt brauchten, war das Kind. Endlich wären sie eine Familie, und nichts und niemand würde sie erschüttern können. Sie wären fest zusammengeschweißt, genau wie seine Herkunftsfamilie – bevor Venla verschwand und sein Vater starb und alles den Bach runterging.

Nikke musste an das traurige Gesicht seiner Mutter denken, als sie gestern Abend ohne Miia um den Tisch saßen. Miia war nicht zum Gipfeltreffen der Geburtstagskinder gekommen, dabei hatte Nikke auf Wunsch seiner Mutter vorher noch mal bei ihr vorbeigeschaut und so lange geklopft und geklingelt, bis ein Nachbar irritiert vom Balkon sah. Beim Weggehen hatte Nikke einen Blick in Miias Fenster geworfen: Auf dem Wohnzimmertisch standen Dutzende leerer Colaflaschen, umgeben von gammeligen Pizzaverpackungen. Dies bestätigte seine Vermutung, dass Miia sich lieber in der virtuellen Welt aufhielt, als mit ihrer Familie einen leckeren Braten zu essen.

Am Ende seines Laufes legte Nikke nochmal an Tempo zu. Auch wenn seine Muskeln schmerzten – anschließend würde er sich richtig wohl fühlen.

Dennoch hatte er schon jetzt etwas Bammel, nachher wieder mit Suski allein zu sein. Dass sie mit dem Kalender und dem Kurventhermometer in der Hand bestimmte, wann er »ranmusste«, hatte ihrer Beziehung alles andere als gutgetan. Er fühlte sich wie bei einer ewig andauernden Renovierung, musste sein Werkzeug ständig parat halten.

Jetzt hatte er endlich auch sein eigenes Projekt, den Marathon. Beim Laufen ordneten sich die Gedanken, er schaute automatisch nach vorn. Warum freute Suski sich nicht über seine neue Disziplin? Sogar sein Wabbelbäuchlein war verschwunden! Aber nein, Suski wollte lieber, dass er spontan war und ihr, wann immer sie es wollte, zu Diensten stand.

Als Nikke zurückkam, saßen seine Mutter und Suski angeregt ins Gespräch vertieft auf dem Sofa. So war es schon immer gewesen. Suski war für seine Mutter wie eine Tochter, und in ihrer Willensstärke und Zielstrebigkeit waren die beiden sich extrem ähnlich. Was seine Mutter wohl über ihn und Miia denken mochte? Zwei eher chaotische Menschen, die es nur mit Glück zu etwas im Leben gebracht, ihrer Mutter aber immerhin jemanden wie Suski zugeführt hatten, erst als Miias Freundin, später als Nikkes Frau.

Suski sah kurz zu Nikke herüber.

»Ab unter die Dusche, Liebster, wir frühstücken noch kurz was mit deiner Mutter, dann müssen wir los.«

Eine Stunde später standen Nikke und Suski mit Kaffeetassen in der Hand auf der Terrasse eines netten Cafés im Zentrum von Palokaski und hielten Ausschau nach einem freien Platz. Im Laufe der Jahre hatte Nikke gelernt, dass nicht jeder freie Platz den Ansprüchen seiner Frau genügte.

Als sie endlich an einem ruhigen Tisch am hinteren Ende der Terrasse saßen, wischte Suski die Tischplatte mit einem Steriltuch ab. Nikke griff derweil nach dem zweiten Stück Zucker und wickelte es aus der Papierverpackung.

»Nikke!«, mahnte Suski. Sie hatte ihm schon oft gepredigt, dass hoher Zuckerkonsum sich ungünstig auf die Spermaproduktion auswirkte. Dann kam sie zum eigentlichen Thema.

»Wir müssen reden. Und glaub mir, für mich ist die ganze Situation mindestens so schwer wie für dich.«

Nikke sah seine Frau abwartend an.

»Du kannst nicht einfach flüchten, Nikke. Das Joggen, das Training im Fitnessstudio. Auch ich habe Bedürfnisse. Ich vermisse unsere Nähe.«

Ohne zu überlegen, stand Nikke auf und marschierte Richtung Auto.

»Nikke, komm zurück! Du kannst doch nicht einfach abhauen! Wohin gehst du?«

Ganz langsam drehte Nikke sich um und sah seiner Frau in die Augen.

»Wohin wohl? Ins Fitnessstudio.«

16

Miia fuhr ihr MacBook Pro hoch und gab das Passwort ein. Bevor sie sich gründlich im Netz umschaute, genehmigte sie sich einen großen Schluck Cola light.

Sie checkte mehrere Foren und glaubte, am Schreibstil einen Schriftsteller zu erkennen. Tatsächlich, der Stil, die Satzkonstruktionen, die Wortwahl, vieles erinnerte Miia an diesen Autor. Möglicherweise postete er absichtlich provokative Kommentare, weil er die empörten Reaktionen als Material für sein nächstes Werk nutzen wollte.

In einem der Foren ging es gerade hoch her. Thema war die weibliche Schambehaarung. Miia konnte kaum glauben, wie viele Standpunkte es hierzu gab. Und Enthaarungstechniken! Von Zucker über Wachs bis Pinzette-Zupfen war alles dabei. Unglaublich, dass manche sich jedes einzelne Härchen mit der Pinzette ausrupften. Ob hier irgendein notgeiler Mann unter weiblichem Decknamen die Diskussion anheizte und sich heimlich einen runterholte?

Sie verließ die Seite und loggte sich bei Facebook ein. Wenig Neues, nur ein Post von Isabella mit einem alten Foto von ihnen, das mindestens zwanzig Jahre alt war. Oder noch älter? Im Hintergrund war ganz unscharf auch Venla zu erkennen. Miia atmete tief durch.

Dann schaute sie bei Dating.net vorbei, wo sie neben

ihrem echten auch zwei Fake-Profile angelegt hatte; sie wollte herausfinden, was für Männer auf welche Art von Selbstdarstellung reagierten. Doch egal, ob sie sich eher als ernst oder fröhlich präsentierte, als brave Krankenschwester oder experimentierfreudige Bisexuelle – Miias Erfahrungen mit dem Internet blieben seit Jahren dieselben. Sie wunderte sich immer wieder über die Naivität der Männer, die bereitwillig persönliche Fotos von sich, und oft sogar von ihrem besten Stück, herumschickten.

Da predigte sie den Schülern immer wieder, dass Fotos, die einmal im Netz standen, nur schwer wieder rauszuholen waren, während die Männer um die vierzig einen Kurs zur Internetsicherheit anscheinend viel dringender nötig hatten. Eine Antwort zum Beispiel war so dämlich, dass Miia sofort kapierte, wer dahintersteckte: »Jari«, der bestens erkennbar in Shorts und Basecap auf dem Golfplatz stand und offen sagte, dass er immer Samstagmittag »konnte«, weil seine Frau und seine drei Kinder ihn dann beim Golfkurs wähnten, wohnte nicht weit von ihr entfernt. Miia begegnete seiner Frau regelmäßig beim Einkaufen, und seine Kinder gingen alle in ihre Schule. Ekelhaft.

Sie aß ein Stück kalte Pizza von gestern und trank die halbe Colaflasche leer. Zum Glück fand sie noch eine Tafel Schokolade. Das tat gut.

Auf Baby.fi, wo immer nah am Zeitgeist über die Themen Eltern-Sein, Familie, seit einiger Zeit auch über

Teenager diskutiert wurde, stieß Miia auf einen Strang, in dem der neue Blog einer gewissen Madde unter die Lupe genommen wurde. Anscheinend hatte die junge Dame es geschafft, innerhalb kurzer Zeit zur Meinungsführerin in Sachen Lifestyle und Mode zu werden. Garantiert lasen Miias Schülerinnen schon alle Maddes Blog. Bald würde es darum gehen, wer Madde am besten imitierte und wer Madde, oder wenigstens Maddes Schwippcousin, persönlich kannte.

Miia beendete den Abend mit einem gepfefferten Kommentar an »Jari«:

Werter Jari! Ich kenne deine Frau aus dem Café im Einkaufszentrum, wo sie schon mehrmals neben mir gesessen hat. Ich kenne auch deine Kinder Sanna, Selma und Santeri. Hätte nie gedacht, dass du dir einbildest, am Samstagmittag so begehrt zu sein. Ich rate dir dringend, schleunigst deine Finger aus der Unterhose zu nehmen und deiner Frau einen großen Blumenstrauß zu kaufen. Wenn ich dich hier noch einmal erwische, leite ich deine Fotos an deine Frau weiter, gern auch an deinen Arbeitgeber und deine Golffreunde. Anbei ein paar Links, auf denen du gegen etwas Geld deinen Perversionen nachgehen kannst, ohne sofort deine Familie zu zerstören – falls du gar nicht anders kannst.

Beste Grüße, M.

PS: Ich hoffe, du weißt, dass deine PC-Kamera nicht deaktiviert ist? Ich sehe dich die ganze Zeit. Kein schöner Anblick.

17

Nora saß Nikke gegenüber und blickte ihm fest in die Augen. Als wollte sie ihm bis in die Seele schauen und dort die Antwort auf die Frage nach dem Sinn des Lebens finden. Nikke sah auf die Uhr über der Tür: Schon eine Viertelstunde war vergangen, ohne dass Nora ein Wort gesagt hatte. Nikke lehnte sich in seinem Stuhl zurück, versuchte sich zu entspannen. Jetzt musste ein Taktikwechsel her.

»Eigentlich kommen die Leute zum Psychologen, um über ihre Schwierigkeiten zu reden. Aber jetzt habe ich irgendwie das Gefühl, du erwartest, dass *ich* rede.«

Noras Blick wurde noch unerbittlicher. Vielleicht überlegte sie, wie sie ihre Probleme zum Ausdruck bringen sollte?

»Ich habe nichts zu sagen.«

Aha.

»Willst du unsere Sitzung heute früher beenden?«

»Nein.«

»Willst du über Laura reden?«

»Wieso sollte ich? Laura war ein mieses Stück.«

Soso. Wenigstens etwas.

»In welcher Hinsicht?«

»Sie war keine gute Freundin. Sogar eine Scheißfreundin.«

»Wie sollte deiner Ansicht nach eine gute Freundin sein?«

Nora überlegte kurz. Ihre Miene wurde noch finsterer.

»Eine gute Freundin hält ihre Versprechen. Sie verarscht mich nicht.«

Nikke musste seine Rührung verbergen. Hinter all dem Make-up waren diese jungen Mädchen alle sehr verletzliche Kinder. Für die Jungs galt das ganz genauso, auch ohne Schminke.

»Was für eine Art Freundin bist du denn selbst?«

Jetzt senkte Nora den Blick und sah auf ihre Hände.

»Ich habe keine Freunde.«

Nikke war erstaunt. Er hatte angenommen, dass Nora beliebt war und gut zurechtkam. Ihr Notenspiegel jedenfalls war tadellos.

»Was ist mit den Mädchen aus deiner Klasse? Ich dachte, dass ...«

»Die kennen mich doch überhaupt nicht!« Nora sagte diesen Satz laut und deutlich, jede Silbe einzeln.

Nikke musste ein mitfühlendes Lächeln unterdrücken.

»Nora, wir alle fühlen uns manchmal so, als würde uns niemand richtig kennen. Das Wichtigste ist, dass wir uns selber kennen.«

Nora lachte gereizt auf.

»Ich meine es ganz ernst. Als ich so alt war wie du, hat mich nur ein einziger Mensch verstanden, und das war der Sänger einer amerikanischen Band. Bei seinen Texten dachte ich, dass wenigstens der mich versteht.«

»Wer war das?«

»Kurt Cobain. Nirvana. Die Band wirst du vermutlich nicht mehr kennen.«

Nora verdrehte entnervt die Augen und starrte ihn dann wieder an. Nikke fühlte sich unbehaglich.

»Kurt Cobain hat sich am fünften April 1994 in Seattle erschossen.«

Mist, auch das verfing nicht.

Nikke stand auf und zog die Jalousien hoch. Der Schulhof lag noch voller abgebrochener Zweige von dem stürmischen Wetter.

»Wieso willst du nicht mehr mit Miia sprechen?«

»Die sagt immer, dass ich nach vorne schauen soll. Dieses Zukunftsblabla, das hält doch kein Mensch aus.«

Nikke setzte sich wieder hin.

»Dann schauen wir eben in die Vergangenheit. Reden wir über Laura.«

Über Noras Wange lief eine Träne. »Das ist alles so gemein!«

»Ja, es ist schrecklich, wenn jemand so jung stirbt.«

»Das meine ich nicht«, protestierte Nora.

»Was ist dann gemein?«

Nora wand sich auf ihrem Stuhl und versuchte offensichtlich, irgendetwas zurückzuhalten. Ohne Erfolg.

»Alles, verdammt noch mal! Laura war total fies und egoistisch, und jetzt, wo sie tot ist, reden alle ständig über sie und bewundern sie. So eine festliche Gedenkfeier kriegt doch sonst keiner, der Chor hat extra neue

Stücke geübt, und überall geht es immer um sie! Und mich sieht überhaupt niemand!« Nora schluchzte heftig, ihr ganzer Oberkörper bebte.

Nikke schob ihr die Packung mit den Taschentüchern hin.

»Hat Laura dir was Böses angetan?«

»Ja.« Jetzt flüsterte sie und starrte wieder auf ihre Hände.

Ojemine. Wie konnte ein einziger Teenager so voll von Gefühlen sein? Klar, ein Todesfall in der direkten Umgebung war ein Schock. Allerdings hatte Nikke stark den Eindruck, dass es bei so einigen Schülern gar nicht um das Abschiednehmen von Laura ging, sondern darum, mit den eigenen Gefühlen wahrgenommen zu werden. Auch sonst ging es im Grunde ständig darum. Weshalb sonst posteten die Schüler Fotos von sich, auf denen sie halbnackt oder mit dem tollen neuen Shirt zu sehen waren, und freuten sich über jedes positive Feedback, das sie bekamen – selbst wenn es sich nur auf ihren Fake-Namen im Internet bezog?

Nikkes Gedanken wanderten zu Laura. Auch ihr hatte die Pubertät zu schaffen gemacht. Innerhalb kurzer Zeit hatte sie sich vom netten, blonden Mädchen in ein unberechenbares Wesen mit schwarz gefärbten Haaren verwandelt, in dessen Kopf es nur noch um das Thema Sex ging. Der Drang, möglichst schnell erwachsen zu werden und zur Welt der Großen zu gehören, schien übermächtig. Laura war mit diesem Sog nicht klargekommen, und auch Nikke hatte ihr nicht helfen können, obwohl er es mit allen Mitteln versucht hatte.

»Hast du oft mit Laura und ihren Freundinnen zu tun gehabt?«

»Äußerlich betrachtet schon«, sagte Nora leise.

»Hatte Laura einen Freund?«

»Die hat doch mit jedem rumgemacht.«

»Was genau meinst du damit?«

Nora sah ihn wieder eindringlich an.

Dann stand sie ruckartig auf und ging zur Tür.

»Ich muss los, sonst komm ich zu spät zur nächsten Stunde.«

Nikke stand ebenfalls auf.

»Wenn du das Gefühl hast, du willst doch noch weiterreden, dann ...«

»Ich glaube nicht.« Nora schloss die Tür hinter sich.

Nikke blieb einen Moment stehen. Schließlich ging er zum Regal und schaltete die Kamera ab, die er zwischen den Büchern platziert hatte.

18 Eigentlich sollte Maria ihren Job nachts zwischen drei und fünf Uhr erledigen. Spätestens um halb sechs musste im Fitnessstudio Gym24 alles sauber sein. Manche Leute kamen schon sehr früh und trainierten vor ihrer Arbeit.

Oft erledigte Maria ihren Putzjob auch eher. Sie schaute schon gegen Mitternacht im Studio vorbei, und wenn kein Licht mehr brannte, betrat sie die leeren Räume und legte los. Sie verspürte immer eine leise Erleichterung, wenn sie das Studio wieder verlassen konnte. Beim Vorstellungsgespräch hatte sie sich mutiger dargestellt, als sie war. Es machte ihr durchaus etwas aus, immer im Dunkeln zu kommen und zu gehen, ganz allein in den Räumen zu arbeiten.

Maria zog ihre Zugangskarte durch das Lesegerät. Nichts passierte. Sie probierte es noch einmal, wischte vorsichtig den Magnetstreifen ab. Noch immer nichts. Über dem Lesegerät hing eine Telefonnummer für den Notfall, doch Maria wollte kein Aufheben machen. Es war ihr unangenehm, dass sie früher zum Putzen kam als offiziell vereinbart. Ratlos lehnte sie sich an die Tür – die zu ihrem Erstaunen aufging. Maria fiel sogar ungeschickt vornüber und landete nach einer halben Drehung auf ihrem Allerwertesten. Typisch. Leise kichernd stand sie wieder auf. Immerhin eine nette kleine Anekdote, die sie ihrem Freund erzählen konnte: Stell dir vor, ich hätte da noch stundenlang gewartet, und dabei war die Tür die ganze Zeit auf! Normalerweise kam man nur mit der Zugangskarte rein.

Maria betrat das Studio und schaltete als Erstes die Beleuchtung ein. Eigentlich sollte das Licht rund um die Uhr brennen – der Chef wollte, dass auch die wenigen Leute, die nachts trainierten, sich sicher und willkommen fühlten. Komisch, dass heute alles im Dunkeln lag. Anscheinend hatte der letzte Besucher ganz umweltbewusst das Licht ausgemacht.

Maria ließ ihren Blick durch den Saal und über die Geräte wandern – überall die üblichen Staubmäuse, Fingerspuren und Schweißtropfen – und ging dann in die kleine Kammer hinter den Büroräumen. Sie holte ihre Handschuhe und den Wagen mit den Putzmitteln. Der Wagen war ihr wichtig, so hatte sie alles dabei. Zum Glück machten Dreck und Schweiß, auch schmutzige Toiletten ihr kaum etwas aus. Dies war der beste Putzjob, den sie bisher hatte. Die Räumlichkeiten waren relativ neu und selten wirklich schmuddelig, ihr Chef bezahlte sie anständig, und sie konnte jederzeit umsonst trainieren. Auf Smoothies am Erfrischungstresen und Massagen bekam sie fünfzig Prozent Ermäßigung.

Sie würde wie immer in der Damenumkleide beginnen – wo es meist am wenigsten zu tun gab –, sich dann den Geräteraum vornehmen und als Letztes den Bereich der Männer putzen. Doch so weit kam sie erst gar nicht. Am hintersten Ende des großen Raums sah Maria etwas

Rotes leuchten. Mist. Trainierte da etwa noch jemand? Dann musste sie fragen, ob sie mit ihrer Arbeit störte; das hatte der Chef ihr eingeschärft. Hoffentlich musste sie nicht wieder nach Hause gehen und in zwei Stunden noch einmal anrücken. Hoffentlich war es doch nur ein großes rotes Handtuch, das jemand liegengelassen hatte.

Als Maria den Raum zur Hälfte durchquert hatte, erkannte sie, was das Rote war. Ein paar Sekunden lang stand sie erstarrt da, dann stieß sie einen animalischen Schrei aus. So schnell wie noch nie rannte sie nach Hause.

19

Der Anruf kam mitten in der Nacht: Jemand hatte im Fitnessstudio Gym24 hundertsechzig Kilo zu stemmen versucht und war unter den Gewichten begraben worden. Weil fast alle Kollegen bei einer Schlägerei zwischen Finnen und Migranten am Stadtrand im Einsatz waren, musste Korhonen wohl oder übel raus. Anniki kochte ihm wie immer einen Kaffee, davon ließ sie sich nicht abhalten.

Der kalte Motor seines Autos sprang erst beim zweiten Startversuch an. Der Herbst hatte sich heimtückisch angeschlichen; dass er da war, hatte Korhonen erst realisiert, als sein Nachbar mit dem lauten Laubsauger loslegte. Dennoch steckte ein Teil von Korhonens Seele noch immer im Spätsommer: Er konnte den Tag, an dem die Wasserleiche der jungen Laura auf dem Steg lag, einfach nicht vergessen.

Als er auf den Parkplatz neben dem Fitnessstudio kurvte, kam im Autoradio Nancy Sinatras *These boots are made for walking*. So ein Zufall – der Song war auch schon gespielt worden, als Korhonen mit seinem Enkel Saska vom Fußballspiel nach Hause fuhr. Korhonen hatte ihn aus vollem Hals mitgeschmettert, und Saska hatte beeindruckt versprochen, ihn seinerseits seiner Freundin vorzusingen. Die Vorstellung amüsierte Korhonen: Saska würde garantiert einen Cowboy-Tanz aufführen, dazu seine braunen Locken schütteln und Saimi zum Lachen bringen. Ach, ja.

Korhonen hoffte, Lauras Fall endlich abhaken und nach langer Zeit wieder gut schlafen zu können.

Vor dem Fitnessstudio erwartete ihn Kollege Järveläinen. Zielstrebig gingen sie hinein und zwischen den Geräten hindurch zur Unfallstelle. Als Korhonens Blick auf das Opfer fiel, setzte sein Herz aus. Braune Locken. Korhonen ging langsamer. Bitte lass das nicht wahr sein, bitte lass das nicht wahr sein. Es gab nur noch diesen einen Gedanken, alle Stimmen und Geräusche um ihn herum rückten in weite Ferne.

Dann brüllte Korhonen laut auf. Saskas unnatürlich nach hinten gebogener Kopf sah aus, als würde er sich jeden Moment vom Körper lösen. Sein Oberkörper war voller Blut und blauer Flecke. Seine Glieder hingen schlaff nach unten.

»Korhonen! Korhonen! Kari, hörst du nicht?«

Sundsberg hetzte herbei, im Schlepptau die Spurensicherer. Korhonen hatte keine Kraft, irgendjemanden zu beachten.

»Kari!« Jetzt baute Sundsberg sich direkt vor Korhonen auf.

Egal. Korhonen würde sich keinen Schritt vom Fleck rühren. Er würde aufpassen, dass alles behutsam ablief und niemand Saska grob anfasste.

»Hörst du nicht? Komm, lass uns da rübergehen.« Sundsberg berührte Korhonen an der Schulter.

»Du Grünschnabel hast mir überhaupt nichts zu sagen«, fuhr Korhonen seinen Chef an.

Der Welpe holte tief Luft und sagte betont ruhig:

»Kari. Dir sollte doch klar sein, dass du nicht länger hier bleiben kannst. Du musst nach Hause.«

Korhonen reagierte nicht und schnauzte stattdessen den Kollegen von der Spurensicherung an: »Wo bleibt der Pathologe?«

»Immer dasselbe Lied«, grinste der und hatte offenbar noch nicht begriffen, wie es um Korhonen stand.

»Ich will alle Ergebnisse spätestens morgen früh auf dem Tisch haben«, wetterte Korhonen.

»Schätze nicht, dass das klappt«, entgegnete der Spurensicherer, »die Pathologen haben garantiert ein paar härtere Fälle auf dem Tisch. Das hier ist nur ein Unfall und muss warten.«

»Ein paar härtere Fälle? Was meinst du damit, verdammt noch mal?!« Korhonen wollte seinem Kollegen schon an die Gurgel gehen, als Sundsberg gerade noch rechtzeitig einschritt.

»Kari, ruhig Blut.« Er hakte Korhonen fest unter und führte ihn aus dem Geräteraum. »Wir gehen jetzt an die frische Luft.«

Draußen steckte Sundsberg sich eine Zigarette an und hielt Korhonen die Packung hin. Der schüttelte den Kopf.

»Es ist besser, du fährst nach Hause«, meinte Sundsberg nach ein paar tiefen Zügen. »Deine Familie braucht dich im Moment dringender als wir.«

»Unfug. Ich habe einen Mord zu untersuchen.«

»Überlass das uns, Korhonen. Außerdem bin ich der Meinung, dass ein Mord sehr unwahrscheinlich ist. Solche Sportunfälle passieren leider immer wieder, und gerade die ganz Jungen sind besonders ehrgeizig und gehen an ihre Grenzen.«

»Ich bin absolut sicher, dass die Sache mit Lauras ...«

»Stopp jetzt. Du brauchst Urlaub, Korhonen. Krankenurlaub.«

»Du kannst mich nicht einfach für krank erklären. Das verstößt gegen die Dienstordnung.«

»Dann verklag mich doch«, erwiderte Sundsberg resigniert und winkte Järveläinen herbei. »Kollege, kannst du unseren Kari nach Hause fahren?«

Korhonen schnaubte erbost durch die Nase.

»Ich komm auch allein nach Hause, keine Sorge.«

Grußlos marschierte er Richtung Parkplatz.

Wie durch ein Wunder standen alle Ampeln auf Grün, und Korhonens alter Volkswagen bekundete seine Anteilnahme, indem er seinen Besitzer so schnell wie noch nie nach Hause brachte. Schon auf der Fahrt klingelte Korhonens Handy unablässig. Was sollte er bloß einem Vater sagen, der von einem Tag auf den anderen seinen Sohn verloren hatte? Einer Großmutter, die ihren Enkel schmerzlich vermisste? Bevor Korhonen den Wagen aufs Grundstück lenkte, musste er anhalten. Er stieg aus, sprang über den Straßengraben, beugte sich vornüber und erbrach alles, was er im Magen hatte.

20

Nikke nahm Miia sofort in seine verschwitzten Arme. Obwohl in ihrer Familie enger Körperkontakt nicht unbedingt üblich war, wusste er, dass seine Schwester jetzt eine Umarmung brauchte – selbst wenn er gerade frisch vom Joggen kam und entsprechend aussah. Miias ehemaliger Kollege Korhonen hatte seinen Enkelsohn Saska verloren; vermutlich durch einen Trainingsunfall. Miia kannte den Jungen und war entsprechend mitgenommen.

»Entsetzlich«, kommentierte Suski und nahm Miia ihrerseits in die Arme. »Wie geht es Korhonen?«

»Der geht nicht ans Telefon. Sein Chef sagt, er ist krankgeschrieben.«

Nikke schaltete sich ein. »Suski, wie kannst du so eine Scheiße fragen – ›wie geht es Korhonen‹? Wie wird es dem armen Mann wohl gehen?!«

»Ach, halt die Klappe«, entgegnete Suski.

Die beiden verschwanden in die Küche, aber Miia hörte dennoch jedes Wort.

»Musst du so naive Fragen stellen?«

»Ich wollte nur einfühlsam sein.«

»Einfühlsam sein! Großartig, Suski. Du bist einfach nur doof.«

»Und du gehst am besten gleich wieder joggen, dann musst du dich nicht mit doofen Menschen wie mir abgeben! Los, verschwinde, abhauen kannst du schließlich besonders gut.«

Nikke kam zurück in den Flur, verdrehte die Augen und tippte sich an die Stirn. Er setzte sich auf einen Stuhl und zog seine Laufschuhe aus.

»Miia, bleibst du zur Hühnersuppe? Sehr lecker!«, rief Suski aus der Küche, als wäre nichts gewesen.

»Als gäbe es nichts Wichtigeres«, meckerte Nikke und pfefferte einen Schuh in die Ecke.

»Klar, ich bleibe noch!«, rief Miia Richtung Küche und warf Nikke einen warnenden Blick zu.

»Ich verziehe mich wohl besser unter die Dusche«, brummte Nikke und stand auf.

»Kommt der Stress von Suskis Hormonbehandlung?«, fragte Miia leise. Suski war in Bezug auf dieses Thema hochsensibel und durfte auf keinen Fall was hören.

»Ach, lass gut sein, Miia.« Nikke winkte resigniert ab und verdrückte sich ins Badezimmer.

Wenig später saß Miia mit ihrem frisch geduschten Bruder und Suski am Esstisch und löffelte Hühnersuppe, ein wirklich leckeres Rezept von Suskis Mutter. Trotzdem ärgerte Miia sich, dass sie dageblieben war. Saskas Tod machte ihr schon genug zu schaffen, und jetzt musste sie auch noch die Spannungen zwischen ihrem Bruder und ihrer Schwägerin ausgleichen.

»Habt ihr Mama in letzter Zeit gesehen?«, fragte sie, um ein anderes Thema aufzubringen.

»Ich nicht«, sagte Nikke.

»Wir waren doch gerade am Wochenende da!«, widersprach Suski. »Aber klar, du hast mal wieder nichts davon mitbekommen. Du musstest ja sozusagen rund um die Uhr joggen.«

»Scheiße!«, entfuhr es Miia. »Das Gipfeltreffen der Geburtstagskinder. Ich hab's total verpennt.«

»Das haben wir gemerkt«, sagte Nikke.

»Warum hast du mich nicht angerufen?«

»Ich hab's versucht, aber du hast nicht reagiert.« Er sah seiner Schwester bedeutungsvoll in die Augen – als wüsste er, dass sie sich von Fastfood ernährte und mit wildfremden Typen ins Bett ging. Miia errötete.

»Hat Mama wieder ihren Spezialkuchen gebacken?«, fragte sie, um abzulenken.

»Hat sie, aber wir mussten ihn leider zu zweit essen, weil dein Bruder ständig wie ein Bekloppter im Wald herumgerannt ist«, schaltete Suski sich ein.

»Na ja, du warst an diesem Wochenende auch nicht gerade nur nett zu mir.«

»Was musst du mir auch ein Epiliergerät zum Geburtstag schenken! Ich habe mir einen Wellness-Gutschein gewünscht, aber nein, mein Mann muss mir unter die Nase reiben, dass ich zu behaart bin ... wahrscheinlich nur von diesen Scheißhormonen!«

Suski brach in Tränen aus.

Nikkes Hände zitterten so, dass die fettige Suppe vom Löffel auf das blütenweiße Tischtuch tropfte. Das war zu viel für Suski. Mit einem einzigen Ruck riss sie das Tuch vom Tisch, das Geschirr flog laut klirrend zu Boden.

»Suski, beruhige dich«, redete Miia auf ihre Freundin ein. Sie bückte sich und sammelte die Scherben auf.

»Da zieht wohl ein neuer Hormonsturm auf«, zischte Nikke und kippte den Rest seines Weinglases, das er in der Hand gehalten hatte, auf die Tischplatte.

»Dein Lieblingsthema, ja, ich weiß«, sagte Suski mit erstickter Stimme und weichte das Tischtuch im Spülbecken ein. »Suskis Hormone hier, Suskis Hormone da ...«

Wie in Zeitlupe erhob Nikke sich von seinem Stuhl.

»Ich sollte wohl besser joggen gehen, ehe ich hier womöglich handgreiflich werde.«

»Geh nur, geh!«

Wenig später knallte die Haustür zu.

Suski machte sich noch immer an der Spüle zu schaffen und rubbelte mit dem Rücken zu Miia an der Tischdecke herum. Das Zittern ihrer Schultern verriet, dass sie weinte.

»Was ist los bei euch?« Miia stand auf und legte einen Arm um ihre Freundin.

»Wenn ich das bloß wüsste.«

Erst auf dem Nachhauseweg fiel Miia die Sache mit Saska wieder ein.

Suski und Nikke hatten sich zwar vertragen, doch es kam Miia eher wie ein Waffenstillstand vor. Miia kannte ihren Bruder und ihre Freundin zu gut, um sich etwas vormachen zu lassen. Irgendetwas stimmte nicht bei den beiden. Doch wenn keiner sich ihr anvertraute, konnte sie nichts tun. Es hatte wahrscheinlich leider seinen Grund, dass man ihr nicht alles sagte.

Miia versuchte noch einmal, Korhonen anzurufen. Sie ließ es so lange klingeln, bis die Verbindung von selbst abbrach. Sie kramte den Autoschlüssel hervor, den sie noch immer nicht zurück in die Asservatenkammer gebracht hatte, und drückte die Verriegelung im Takt ihrer Schritte auf, zu, auf, zu.

Der Gedanke, allein zu Hause herumzusitzen, deprimierte sie. Mikael würde ihr garantiert sofort seine Gesellschaft anbieten; sie bräuchte ihn bloß anzurufen. In den letzten Tagen hatte er mehrere SMS mit originellen Vorschlägen für ein Date geschickt – offenbar interpretierte er Miias Rückzug als Kritik an ihrer letzten, sehr klassischen Verabredung im Restaurant.

Doch Miia hatte viel mehr Lust auf Antti. Der Mysteriöse, Unerreichbare. Nach ihrer letzten Begegnung hatte er versprochen anzurufen. Und je länger er nicht von sich hören ließ, umso besser schnitt er im Vergleich mit Mikael ab.

21

Hey Madde!
Ich verfolge deinen interessanten Blog schon eine ganze Weile und möchte dir eine Zusammenarbeit mit Wellness&Spirit anbieten. Kennst du uns überhaupt schon? Du würdest wunderbar zu Wellness &Spirit passen, möglicherweise sogar als Markenbotschafterin. Wenn du Interesse hast, erzähle ich dir gern mehr. Ich verspreche dir: Mein Angebot wird dich nicht enttäuschen, denn es geht um viel mehr als nur darum, unsere Produkte in deinem Blog zu erwähnen. Wir sollten uns so bald wie möglich treffen. Wann würde es dir passen?
Herzliche Grüße,
Tiina Ojantaus

Nora las die Mail gleich mehrmals und machte dann einen Luftsprung. Sie kannte sämtliche Konkurrenzblogs von Madde, und nirgends tauchte Wellness&Spirit auf. Also war sie die erste Bloggerin, die Tiina Ojantaus interessant genug fand, um eine Zusammenarbeit anzubieten. Dass sie mehr in Aussicht stellte als reine Produktwerbung, klang nach Geld. Immerhin gehörten die Ojantaus' zu den reichen Familien von Palokaski, da hatte

Tiina garantiert genug Kohle. Und die brauchte Nora. Sie musste sich neue Markenklamotten, Taschen und mal ein anderes Make-up kaufen; Maddes Blog verlangte Nachschub. Inzwischen hatte Nora alle Klamotten und Handtaschen ihrer Mutter durch, und auch die ihrer Tante, die im gleichen Haus wohnte. Obendrein stand die Reise nach Dubai an, und Madde hatte versprochen, eine Tasche von Vuitton und eine von Chanel mitzubringen. Das Interesse der Leser würde sofort abflauen, wenn sie ihre Ankündigungen nicht einhielt, nicht genug Luxus präsentierte. Der Kontakt zu Tiina Ojantaus war ihre Rettung.

Hey Tiina Ojantaus,
meine Entscheidung hängt ganz davon ab, was Wellness & Spirit mir anbietet. Ja, wir sollten uns so schnell wie möglich treffen, denn ich habe auch noch ein paar andere Angebote bekommen.
Viele Grüße,
Madde

Die Antwort war rasch verschickt. Natürlich wäre ein Treffen heikel, vielleicht würde Tiina Ojantaus sie erkennen. Noras Mutter hatte ein paar Wochen nebenbei für Wellness & Spirit als Verkäuferin gearbeitet, und in dieser Zeit war Tiina Ojantaus mehrmals bei ihnen zu Hause gewesen und hatte Nora gesehen. Aber notfalls konnte sie das Treffen immer noch absagen.

Schon trudelte Tiina Ojantaus' Antwort ein:

Hey Madde,
schön, dass du Interesse hast! Können wir uns gleich heute Abend sehen? Um 19 Uhr im Fitnessstudio Gym24, an der Smoothie-Bar?
Viele Grüße,
Tiina Ojantaus

Wieso wollte sie sich im Fitnessstudio treffen? Nora kannte den Ort zwar, fand den Vorschlag aber seltsam und wusste außerdem von einem früheren Besuch, dass die Smoothies ekelhaft schmeckten. Aber das war jetzt egal.

Hallo Tiina,
das passt!
Bis heute Abend dann,
Madde

Madde konnte lässig bleiben – Nora geriet schon jetzt in Panik.

»Wohin gehst du?«, fragte ihre Mutter und gab ihr einen Zehn-Euro-Schein.

»Hast du nicht vielleicht auch zwanzig?«

»Du hast doch erst vorgestern zwanzig bekommen. Hast du die etwa schon ausgegeben?«

Nora hatte die zwanzig Euro – und dazu noch vierzig, die sie aus dem Portemonnaie ihres Vaters entwendet hatte – in einem teuren Restaurant ausgegeben, in dem sie mit ihrer schwarzen Perücke neue Madde-Fotos geschossen hatte.

»Ja, habe ich ... Mama, bitte. Ich will unbedingt mit Jenna und Johanna in diese Smoothie-Bar.«

»Die bei Gym24? Nora, da ist doch eben erst dieses schreckliche Unglück passiert!«

Nora schaute sich neugierig im Fitnessstudio um. Nichts ließ erkennen, dass hier vor kurzem jemand tödlich verunglückt war. Überall latschten gutaussehende Leute herum, nirgendwo hingen Absperrbänder. Eigentlich ein lässiger Ort – höchste Zeit, dass Madde hier Mitglied wurde. Nora machte schnell ein paar Schnappschüsse für den Blog und fotografierte gleich auch den Ingwer-Minze-Blaubeer-Gojibeere-Smoothie, den sie bestellt hatte. Genau Maddes Style. Nora fand zwar, dass die Mischung nach verregnetem Waldboden schmeckte, aber sie sog tapfer an ihrem Strohhalm.

Tiina Ojantaus war nirgends zu sehen, doch Nora war absichtlich zu früh gekommen. Sie wollte die Lage checken. In ihrer Tasche lag die dunkle Cher-Perücke. Würde die ausreichen, um Tiina Ojantaus in die Irre zu führen?

Nora beschloss, das Risiko einzugehen. Vermutlich würde Tiina Ojantaus sie sogar ohne Perücke nicht wiedererkennen, schließlich erkannte kaum jemand Nora wieder. Sie ging gerade Richtung Damentoilette, um dort die Perücke aufzusetzen, als ein Mann an der Bar auftauchte, den sie kannte. Es war der Typ, der vom Waldrand aus mit dem Fernglas zum Uferpavillon gespäht hatte. Er ließ sich einen Energydrink geben, den er anscheinend nicht zu bezahlen brauchte, und flirtete mit der Bedienung. Der Mann hatte einen Dreitagebart und kurz geschnittene dichte Haare. Offensichtlich verbrachte er viel Zeit bei Gym24: unter seinem engen Shirt zeichnete sich ein anständiges Sixpack ab, in seiner Jeans steckten muskulöse Oberschenkel. Nora machte unauffällig ein Zoom-Foto – der Typ war genau die Sorte Mann, mit der Madde abhing, zu deren Freundeskreis natürlich nur gutaussehende Menschen zählten.

Als er seinen Energydrink ausgetrunken hatte, tauchte Tiina Ojantaus auf und setzte sich neben ihn. Ehe Nora sich hinter einer Säule verstecken konnte, hatten die beiden sich im Raum umgesehen und sie entdeckt. Der Mann wirkte ernst und biss die Zähne zusammen. Richtig, diesen angespannten Kiefer – den hatte Nora bei ihm schon am Strand gesehen. Tiina Ojantaus schaute sie weiterhin unverwandt an und flüsterte dem Mann etwas ins Ohr. Daraufhin lächelte der Mann ihr knapp zu. Nora lächelte schnell zurück und setzte sich dann auf die Beinpresse. Ehe sie ein paar Übungen machte, schickte sie schnell eine Mail ab:

Muss leider absagen, kam was dazwischen. Madde

Schon hörte sie das Handy von Tiina Ojantaus piepen. Nach einem Blick aufs Display stöhnte Tiina dem Mann entnervt etwas ins Ohr und zeigte ihm die Nachricht. Dann verschwand sie in einem der Büroräume.

Antti hakte die Sache vorerst ab, wandte sich wieder dem Mädchen am Tresen zu und flirtete ungeniert weiter.

22

Miia saß auf ihrem Sofa und spielte mit dem Autoschlüssel. Auf, zu, auf, zu. Fast genauso gut, wie Luftkissenfolie zerplatzen zu lassen. Eigentlich müsste sie längst putzen, notdürftig zumindest, denn Korhonen hatte sich angekündigt. Nach mehreren Tagen Funkstille wollte er sie plötzlich sprechen, weil er sicher war, dass Saskas Tod mit dem von Laura in Verbindung stand.

Miia schob den Schlüssel in ihre Jeanstasche und setzte einen Kaffee für Korhonen auf. Das war schon mal eine gute Begrüßungsgeste. Sie würde ihm zuhören, ihn sein Herz ausschütten lassen – aber nie im Leben seine krude Theorie unterstützen. Der Gedanke, dass Saskas und Lauras Tod miteinander zu tun hatten, war einfach nur absurd. Sie musste ihm diese Idee ausreden, bevor Sundsberg Korhonen für psychisch unzurechnungsfähig erklärte und seinen Krankenurlaub verlängerte.

Miia hatte gerade die Pizzaschachteln und leeren Flaschen in die Abstellkammer geräumt, als es klingelte. Korhonen stand mit verschwörerischem Lächeln da und reichte ihr die Hand. Kein Gewichtsverlust, keine fettigen Haare, kein Dreitagebart, keine dunklen Ringe unter den Augen. Kein verschleierter Blick, kein Händezittern, keine Fahne. Im Gegenteil, Korhonen sah gepflegter aus als sonst. Seine meist wirr vom Kopf abstehenden Haarsträhnen waren sorgfältig nach hinten gekämmt.

»Miia, schön dich zu sehen. Ich darf reinkommen?«

»Klar doch!«

Statt nach altem Mann roch Korhonen nach dem guten alten *Tabac*-Aftershave.

»Ich habe uns was Leckeres vom Bäcker mitgebracht. Setzt du Kaffee auf?«

»Hab ich schon«, erwiderte Miia. »Nett, dass du was mitgebracht hast. Korhonen, es tut mir so leid, dass … dass –«

»Du bist die Einzige, die meine Gedanken lesen kann«, sagte Korhonen mit Blick zur Kaffeemaschine und lächelte breit. Dann setzte er sich munter an den Küchentisch.

Stand der Mann unter Medikamenteneinfluss, oder was war mit ihm los?

»Korhonen. Das mit Saska ist so was von schrecklich. Mein Beileid.« Miia berührte sanft seine Schulter.

Korhonen riss entschlossen die Bäckertüte auf und fragte:

»Gibt's hier auch Teller?«

»Korhonen …«

»Okay, ich kann ja auch selbst den Tisch decken.«

Er stand auf, holte zwei kleine Teller aus dem Schrank und stellte sie auf den Tisch.

»Diese Erdbeerplunder krümeln immer so. Die kann man doch nicht ohne Teller essen. Für dich hab ich übrigens gleich drei mitgebracht, für mich reicht einer.« Dann schenkte er ihnen auch noch Kaffee ein. »Kennst du eigentlich Veikko Holm?«

Miia sah Korhonen überrascht an. Ja, sie kannte Veikko, ziemlich gut.

»Wieso fragst du?« Es war klüger, eine Gegenfrage zu stellen und etwas Zeit zu gewinnen.

»Sie haben ihm meinen Job gegeben. Solange ich krankgeschrieben bin.«

»Sie haben was?! Das kann nicht dein Ernst sein.«

Veikko war ein durchgeknallter Typ, der ADS hatte oder zumindest regelmäßig kokste. Er redete pausenlos, verkündete ständig seinen Glauben an das Positive – »mein Glas ist nicht halbleer und nicht halbvoll, mein Glas ist ein Krug oder sogar ein Wasserturm!« – und lief in albernen, von seiner Frau gestrickten Pullis herum. Bevor er bei der Polizei gelandet war, hatte er theoretische Physik studiert.

»Veikko ist leider einer von Sundsbergs Squash-Partnern«, brummte Korhonen. »Typischer Fall von moderner Vetternwirtschaft.«

»Aber für deinen Job ist der doch gar nicht qualifiziert! Veikko war doch bislang bei den Kollegen von der Ordnungspolizei.« Miia biss schon in den zweiten Plunder.

»Wer gut Squash spielt, braucht keinen passenden Lebenslauf. Du kennst ihn also?«

Miia nickte. Das konnte man so sagen.

»Und er dich? Er weiß, dass du gut bist in dem, was du tust?«

Miia schluckte und spürte, dass ihr das Blut in den

Kopf schoss. Schnell stand sie auf und zog ihre Strickjacke aus. Es war viel zu warm in ihrer Küche.

»Aha. Du hast also was mit ihm gehabt.«

»Autsch!«

Heißer Kaffee schwappte über den Rand von Miias Tasse. Das war das absurdeste Gespräch, das sie je mit Korhonen geführt hatte – dabei hatten sie in all den Jahren schon oft über heikle Angelegenheiten gesprochen. Miia hielt ihre Hand unter den Wasserhahn und kühlte die verbrühte Stelle.

»Ehrlich gesagt finde ich es in diesem Fall sehr günstig, dass du und Veikko Holm schon eine Verbindung habt.«

Miia drehte den Hahn wieder zu. »Korhonen, jetzt lass mal gut sein.«

Korhonen dachte nicht daran. »Er hält also was von dir? Ihr seid nicht im Streit auseinandergegangen?«

»Worauf willst du eigentlich hinaus?«

»Ich brauche einen Maulwurf. Jemanden, der mitkriegt, was läuft – solange ich krankgeschrieben bin.«

»Sorry, aber da fragst du die Falsche.«

»Veikko untersucht den Tod von Saska. Ich muss einfach wissen, was er treibt.«

»Korhonen. Du solltest dir Zeit nehmen zu trauern und die Arbeit den anderen überlassen. Ich verstehe ja, dass ...«

»Wenn du mich wirklich verstehst, dann ist dir hoffentlich klar, dass jemand wie Veikko dieser Sache nicht gewachsen ist. Er wird den Fall nie lösen.«

»Gibt es da überhaupt was zu lösen? Es war doch ein Unfall.«

»Es war Mord«, sagte Korhonen finster.

»Mit Trauer kann man so oder so umgehen. Du glaubst, dass es dir besser geht, wenn du einen Schuldigen findest. Aber es gibt keinen Schuldigen. Saskas Tod war ein tragisches Unglück. Was du jetzt brauchst, ist Zeit.«

Miias Augen wurden feucht. Sie legte ihrem alten Freund die Hand auf die Schulter.

Korhonen schüttelte ihre Hand wieder ab. »Saska war an der Sache mit Laura dran, er hat was rausgefunden. Und das hat irgendjemandem nicht gepasst. Also hat derjenige ihn aus dem Verkehr gezogen.« Er sprach so ruhig, als würde es sich hierbei um die Wettervorhersage handeln.

Miia seufzte. »Merkst du nicht selbst, wie hanebüchen deine Theorie klingt?«

Korhonen fuhr unbeirrt fort. »Und genau derselbe Typ hat auch Laura auf dem Gewissen.«

Miia wurde immer mulmiger. Korhonen wirkte kühl und kontrolliert, aber dennoch wie besessen von seiner Idee. Kündigte diese Kombination einen Nervenzusammenbruch an?

»Wahrscheinlich denkst du jetzt, dass ich gleich einen Nervenzusammenbruch kriege«, sagte Korhonen, als könne er ihre Gedanken lesen. »Weißt du, Saskas Tod ist das Schlimmste, was mir in meinem Leben passiert ist. Mir tut jede einzelne Körperzelle weh. Am liebsten würde ich morgens liegen bleiben und nie wieder aufstehen. Aber das geht nicht, ich muss mich um die Wahrheit kümmern. Saska wusste etwas über Lauras Tod, was nicht ans Licht kommen sollte. Deshalb musste er sterben. Miia, wir müssen das aufklären. Einen anderen Weg gibt es nicht.«

Jetzt sah Korhonen aus, als könnte er jederzeit in Tränen ausbrechen. »Es ist alles meine Schuld. Saska wusste, wie wichtig mir der Fall Laura Anderson ist. Er wollte mir helfen, wollte sich beweisen. Und ich habe es nicht geschafft, das zu verhindern.«

Endlich verhielt Korhonen sich normal. Endlich verstand Miia ihn. Und sie begann, ihm zu glauben. Sie musste versuchen, ihrem alten Freund zu helfen.

»Wer könnte hinter dem Mord stecken?«

»Vermutlich jemand aus dem Fitnessstudio. Saska hat erzählt, dass er bei Gym24 einen Mann belauscht hat. Der Mann wusste, dass Laura einen seiner Freunde erpressen wollte.«

»Und wer soll dieser Typ aus dem Fitnessstudio sein?«

»Saska hat keine Namen genannt.«

»Hm. Viel haben wir damit nicht gerade in der Hand. Dass Laura versucht haben soll, jemanden zu erpressen, wussten wir schon vorher. Und dass sie mit älteren Männern zu tun gehabt hat.«

Korhonen schien unbeeindruckt. »Erinnerst du dich an die Kette von Laura?«

»Klar.«

Wie sollte sie die vergessen haben. Der kleine gefallene Engel, der an einem Flügel herabhing. Nicht nur Laura, auch Venla hatte so eine Kette getragen. Und Tiina Ojantaus. Miia hatte sogar schon von diesem Anhänger geträumt. So gern sie dieses Schmuckstück vergessen hätte – sie ahnte, dass es der Schlüssel war zu einem Geheimnis, das sie noch nicht gelüftet hatten.

»Laura trug die Kette nicht mehr um den Hals, als man sie im Wasser fand«, sagte Korhonen.

»Vielleicht liegt sie jetzt am Meeresgrund. Oder ein großer Fisch hat sie verschluckt.«

»Ich schätze eher, dass sie in der Schmuckkiste von Saskas Freundin Saimi liegt.«

»Hä?« Miia verstand überhaupt nichts mehr.

»Saimi hat mir erzählt, dass Saska ihr so eine Kette zur Verwahrung gegeben hat, nachdem neulich im Fitnessstudio sein Schrank aufgebrochen wurde. Saska vermutete, dass derjenige, der seine Sachen durchwühlt hat, auch die Kette vor Saskas Schrank verloren hat. Saska wollte Stress vermeiden und hat den Engel einfach Saimi zur Verwahrung gegeben. Ich schätze, dass er den Typen verdächtigte, den er kurz davor belauscht hat.«

Miia ließ Korhonens Worte eine Weile auf sich wirken. Vieles überzeugte sie.

»Du hast Recht. Wir sollten herausfinden, ob Saskas Tod wirklich nur ein Unfall war.«

Miia meinte das genau so, wie sie es sagte. Sie war bereit, ihrem Freund zu helfen.

»Du bist also mein Maulwurf?«

»Korhonen, für dich bin ich sogar ein Hamster.«

23

Nora hetzte Richtung Kaivopuisto – der Park war die perfekte Location für ihr Fotoshooting. In der großen Papiertasche lag die dunkelrote *Saffiano Tote* von Prada. Sie hatte im Internet einen Luxusartikelverleih ausfindig gemacht und die Tasche ermäßigt für zwei Stunden geliehen bekommen – normalerweise musste man für mindestens vierundzwanzig Stunden bezahlen. Als Pfand hatte sie ihr Handy im Laden gelassen.

Madde hatte im Blog schon mehrere Tage von ihrer neuen Lieblingstasche geschwärmt. Dummerweise hatte jener mysteriöse Bob angefangen herumzustänkern, wann man endlich Fotos von der Tasche zu sehen bekäme. So dankbar Nora Bob anfangs war – seine provokanten Postings hatten die Aufmerksamkeit für Maddes Blog deutlich erhöht –, so sehr nervte er sie momentan. Inzwischen hatten sich sogar einige von Maddes treuesten Fans seinen negativen Kommentaren angeschlossen. Es wurde allerhöchste Zeit, die neue Tasche zu präsentieren.

Im Rucksack lagen die Kamera von Noras Vater und das Stativ. Bob beschwerte sich dauernd über die schlechte Qualität der Fotos, also hatte Nora ihren Vater gebeten, sie mit seiner Kamera vertraut zu machen. Der hatte sich über ihr Interesse gefreut und ihr gern seine Ausrüstung geliehen. Was er nicht wusste: dass Nora die

Kamera gleich in Maddes Blog präsentiert hatte, als angebliches Geschenk eines Werbepartners. Unter falschem Namen stichelte sie in mehreren Foren, wie man einer derart Untalentierten wie Madde eine so teure Kamera zur Verfügung stellen konnte; Bob gab natürlich seinen eigenen garstigen Senf dazu. Prompt hatte Maddes Blog ein paar Dutzend weitere Leser.

Im Park stand die Sonne genau richtig. Madde stellte die Kamera so hin, dass man im Hintergrund das glitzernde Meer sah. Sie setzte die dunkle Perücke auf und zog den Gürtel des Trenchcoats enger.

Hey, ihr Süßen!
Endlich neue Fotos. Meine neue Tasche, mein neuer Trench. Beide standen schon lange auf meiner Musthave-Liste. Die Prada-Tasche kennen viele sicher – doch ich stehe einfach auf Klassiker. In meinem Schrank liegen so viele neue Modelle, dass ich mich geradezu sehne nach etwas, das bleibt. Genauso geht's mir mit dem Mantel. Schön, oder?

Heute war mal wieder ein voller Tag. Morgens war ich mit R joggen. Zum Glück sind wir beide so fit, dass wir zehn Kilometer laufen und dabei die ganze Zeit reden können. So kommen wir dazu, uns über Dinge auszutauschen, die sonst vielleicht nicht so den Platz finden. Ich will den Look in meiner Wohnung ändern, und obwohl R sagt, ich soll einfach loslegen, möchte ich jeden Schritt mit ihm be-

sprechen. Momentan träume ich von ganz viel Weiß mit ein paar Farbakzenten. Ich hab schon ein paar tolle Kissen aus England bestellt, hoffentlich kommt die Lieferung von UPS bald. Nach dem Joggen habe ich an meinem Blogkonzept gearbeitet und bin dann mit meiner Freundin V zum Fotoshoot in den Park gegangen. Die Resultate sind echt toll, oder? Im Gegensatz zu mir fotografiert V saugut, so dass ich ihr wohl demnächst Geld geben muss.

Nachher gehe ich zu einer kleinen Firmenparty – davon später mehr! Im Moment nur so viel: Da bahnt sich eine phantastische Zusammenarbeit an.

Ach, ich könnte noch ewig weiterplauschen, aber jetzt heißt es: Fertigmachen für die Party, Madde!

Bye und Kuss,
Madde

Dazu postete Nora die zwanzig besten Bilder aus dem Park. Keine fünf Minuten später schrieb Bob, dass die Fotos zwar mit einer besseren Kamera geschossen waren, dadurch aber erst recht zeigten, wie schlecht Madde und ihre Freundin fotografierten. Manche schlossen sich dieser Meinung an, andere verteidigten Madde. Auch wenn Bob nervte – er war das Beste, was dem Blog passieren konnte.

»Ich hasse diesen Bob«, stöhnte Jenna am nächsten Tag beim Essen in der Schule.

»Wieso liest er den Blog überhaupt, wenn ihn alles so aufregt?« Johanna schob das Essen mit der Gabel auf dem Teller hin und her. Die Mädchen aßen kaum noch etwas, doch nachdem Johanna im Sportunterricht umgekippt war, hatte die Klassenlehrerin den Mensabesuch zur Pflicht erklärt. Also taten sie jetzt wenigstens so, als würden sie essen.

»Diese Tasche ist echt schön«, sagte Marsa und verputzte tatsächlich ein paar von den Nudeln. »Die kaufe ich mir auch. Na ja, erstmal brauch ich das Geld. Vielleicht leihe ich mir was.«

»Aber du hast doch noch Schulden, oder?«

»Ich frag halt woanders.«

»Wär das nicht cool, jeden Abend auf eine Party zu gehen wie Madde?« Jenna schlürfte den letzten Rest aus ihrer Babybrei-Packung. Nora blieb schleierhaft, wie sich jemand komplett von Babybrei ernähren konnte. Sie selbst hatte mal einen einzigen Tag lang versucht, nichts zu essen, und es schon am späten Nachmittag nicht mehr ausgehalten: In null Komma nichts hatte sie eine Schachtel Kekse und eine Familienpackung Eis verputzt.

»Stimmt. Es gab ewig keine gute Party mehr.«

»Miika hat erzählt, dass er in den Herbstferien sturmfreie Bude hat.«

»Nicht übel. Wenn Laura noch da wäre, hätte sie längst die entsprechende Party organisiert.« Johanna stand auf.

»Nicht nur das. Sie würde uns auch Zutritt zu den Partys verschaffen, zu denen Madde geht. Laura hat so was draufgehabt.« Marsa ließ unauffällig das Knäckebrot in ihrer Tasche verschwinden – Nora sah es trotzdem.

»Hm. Ich glaube, Laura hätte Madde nicht gemocht.«

»Na ja, am Ende war Laura sowieso total launisch und fand alles und jeden Scheiße.«

Jetzt standen auch Marsa und Jenna auf.

Nora schlang hektisch die letzten Nudeln herunter. Jetzt oder nie.

»Ich könnte euch Zutritt zu Maddes Partys verschaffen.«

Jenna, Marsa und Johanna blieben wie angewurzelt stehen.

»Wie bitte?«, fragte Jenna stellvertretend für die anderen.

Nora räusperte sich und sprach lauter.

»Ich kann euch da reinschleusen. Wirklich.«

Die drei sahen sie aus großen Augen an.

»Ja. Ich kenne ...« Sie hielt inne und überlegte, wen sie aus Maddes Umfeld am ehesten kennen könnte.

»Ach komm, du kennst eh niemanden.«

»Doch. Maddes Freund R ist ein guter Kumpel von meinem Cousin.« Nora wusste, dass das ein riskanter Schachzug war.

Die drei blieben einen Moment stumm stehen, dann räumten sie ihre Tabletts weg.

»Die tut jetzt so, als wäre sie Laura. Die bildet sich echt ein, sie könnte so sein wie sie«, sagte Jenna und glaubte anscheinend, dass Nora sie nicht hörte.

»Schatz, ist alles in Ordnung bei dir?«, fragte Noras Mutter beim Abendessen.

»Wieso fragst du?«, erwiderte Nora und spielte weiter an der brennenden Kerze.

»Du siehst so aus, als würde dich was bedrücken.«

Wie gut es täte, alles zu erzählen. Aber ihre Mutter würde sie nicht verstehen. Ihre Mutter war fest davon überzeugt, dass Noras Leben gut lief.

»Bist du immer noch traurig, dass du es nicht bei *Idols* geschafft hast?«

Nora war mit Abstand die beste Sängerin ihrer Schule, aber *Idols*-Juror Jonne Nikula hatte vor laufender Kamera gesagt: »Schöne Stimme. Dir fehlt nur leider das gewisse Etwas.« Nora war in Tränen ausgebrochen. Saupeinlich. Die Trostversuche ihrer Eltern – »du kannst es nächstes Jahr wieder probieren« – hatten es nicht besser gemacht. Nie wieder würde sie an den Ort ihrer Blamage zurückkehren.

Nora schüttelte den Kopf. »Nein, das ist es nicht.«

»Du denkst sicher an Laura, oder?«

Ihre Mutter legte ihr eine dick bebutterte Brotscheibe auf den Teller.

»Mama. Fang nicht schon wieder davon an.«

»Ich will dir nur helfen.«

Nora nahm sich eine neue Scheibe Brot und strich die Butter dünner. Ihre Mutter schenkte ihr Kakao ein.

»Du weißt, dass du uns alles sagen kannst, Schatz. Und wenn du nicht mit uns sprechen willst, dann kannst du zu Nikke oder Miia Pohjavirta gehen. Ja?«

»Ja.«

Ihre Mutter strich ihr eine Strähne hinters Ohr, und obwohl sich das gut anfühlte, rückte Nora weg und ließ die Strähne wieder ins Gesicht fallen.

»Wie geht's denn deinen Freundinnen? Jenna und so?«

»Okay. Ganz normal halt.«

Dann erstarb das Gespräch, sie aßen still weiter.

Nora hätte gern etwas Provozierendes gesagt. Wieso blieben ihre Eltern immer so ruhig, obwohl Nora sich unfreundlich verhielt? Am meisten ärgerte es sie, dass selbst ihre eigene Mutter sich keine Mühe gab zu erkennen, wer Nora wirklich war.

»Ich hoffe ja«, sagte ihre Mutter leise, »dass die Geschichte mit Laura bald in den Hintergrund rückt. Ihr seid alle noch so jung, ihr sollt das Leben genießen und nicht ständig an den Tod denken.«

Wieder strich sie die Strähne hinter Noras Ohr, und diesmal hielt Nora still. Im gleichen Moment kam ihr die perfekte Idee.

24

Veikko Holm. Nun gut, alle machten Fehler, zumindest ein Mal. Wichtig war, dass man daraus lernte. Miia schüttelte sich, als sie Veikko am Tisch warten sah. Er trank irgendetwas Hellrotes, vielleicht Wodka-Cranberry?

Miia hatte ihn einfach angerufen und ein Treffen in der Cafeteria der Polizei vorgeschlagen. Veikko ließ es sich jedoch nicht nehmen, Miia zu einem Abendessen auszuführen. Ihr war nicht wohl bei diesem Gedanken, aber was tat sie nicht alles für Korhonen.

Vor dem Treffen hatte sie noch im Internet recherchiert – zum Thema *Mein Partner geht mit einer alten Freundin aus* gab es ellenlange wütende Einträge. Ob Veikko sich irgendetwas von diesem Abend erhoffte? Wenn ja, musste Miia das in Kauf nehmen. Womöglich wäre das sogar von Vorteil. Immerhin spielte sie selbst ein doppeltes Spiel.

Miia war das Äußere von Männern nie allzu wichtig gewesen, Ausstrahlung zählte für sie mehr. Sie hatte sich mit Kleinen und Großen, Dicken und Dünnen, Blonden und Dunkelhaarigen getroffen. Das Einzige, was sie abturnte, waren künstlich aufgepumpte Muskeln. Dann lieber einen kleinen Bauch. Insofern hatte Veikko mit seiner Plauze kein Problem – was Miia nervte, waren die selbstgestrickten Pullis seiner Frau.

»Hallo Veikko, altes Haus«, sagte Miia schwungvoll.

Veikko stand auf und umarmte sie fest.

Nahkontakt mit dem neuesten Pulli-Modell: knallrote Ärmel, weißes Vorder- und Rückenteil und auf der Brust drei kleine Hunde.

»Schön, dich zu sehen, Miia. Hab dir schon einen Energy-Drink mit Wodka bestellt. Meine Frau sagt immer, wenn schon, denn schon. Nicht dass man am Ende des Abends noch durstig ist.«

»Lieb von dir.« Miia wurde zwar schon vom Geruch des Drinks flau, aber sie blieb stark und dachte an Korhonen.

Veikko reichte ihr die Speisekarte. Miia überflog sie und legte sie beiseite.

»Du bist aber schnell. Ich habe meine Wahl schon getroffen, während ich auf dich gewartet habe.« Veikko winkte den Kellner heran.

Miia bestellte Spaghetti Carbonara mit normaler statt Vollkornpasta, wofür man inzwischen tatsächlich einen Aufpreis zahlen musste. Veikko nahm ein Pfeffersteak. Ach ja, die gute alte Restaurantkette *Rosso*. Es fühlte sich an, wie nach langer Abwesenheit nach Hause zu kommen, alles war vertraut und unkompliziert. In jeder Filiale sah es gleich aus, roch es gleich, schmeckte es gleich.

»Ich nehm noch ein Bier«, rief Miia dem Kellner nach und gab Veikkos Frau im Stillen Recht.

»Wie geht's, Mamma-Miia?«, fragte Veikko lächelnd.

»Ach ja. Ist keine so leichte Zeit, erst die Sache mit Laura, und jetzt auch noch Saska.«

Veikko nickte ernst.

»Es ist schwer, wenn junge Menschen sterben. Als würden Blumen, die gerade erst aufblühen, einfach aus der Erde gerissen werden. Aber ich verspreche, Saskas Fall gründlich aufzuklären. Meine Frau hält mir den Rücken frei, bis die Arbeit erledigt ist.«

»Und sonst, Veikko? Habt ihr inzwischen Kinder?«, fragte Miia und lächelte ihm aufmunternd zu.

»Leider noch nicht. Wir sagen immer, das kommt dann, wenn es kommen soll. Verheiratet bin ich mit Krista-Marion ja schon fünf Jahre. Wir haben ein schönes Haus. Ein Fertigbauhaus, das ich selbst zusammengezimmert habe. Krista-Marion hat es sehr nett eingerichtet.«

»Das klingt doch gut!«, erwiderte Miia. Die Stimmung musste unbedingt locker bleiben. »Und ihr habt sicher jede Menge gemeinsame Hobbys?«

»Wir machen gerne lange Spaziergänge in der Natur und sind ansonsten beide eher häuslich. Krista-Marion schreibt einen Einrichtungsblog, damit verbringt sie viel Zeit. Und wir verreisen oft. Weil wir beide nicht rauchen, bleibt ein bisschen was übrig für die Reisekasse.«

Miia musste an Mikael denken. Die beiden waren sich in gewisser Weise ziemlich ähnlich. Anständige Männer – von Veikkos Fehltritt mit Miia abgesehen. Inzwischen hatte Veikko sich etwas aufgebaut, an dem er festhalten wollte. Und er hatte schon immer brav die bekloppten Pullis seiner Frau getragen, obwohl er sich damit zum Hanswurst machte. Ja, bis auf den Kleidungsstil gab es zwischen Veikko und Mikael durchaus Parallelen.

Beim Essen plauderte Veikko munter weiter über seine Frau und ihr gemeinsames Leben, während Miia in ihrer etwas weich gekochten Pasta stocherte. Irgendwann wurde es ihr zu dumm.

»Hör mal, Veikko. Was denkst du eigentlich über Saskas Tod?«

Veikko straffte die Schultern und machte ein wichtiges Gesicht. So sah er also im Job aus.

»Details kann ich natürlich keine verraten, aber es sieht nach einem Mord aus.«

Miia war baff, dass Veikko überhaupt so schnell die Katze aus dem Sack ließ.

»Warum seid ihr euch da so sicher?«

»Saska war nicht allein, als die Sache passiert ist. Aber zurück zu dir, Miia. Was macht die Liebe?«

Sie hatten längst aufgegessen, es ging auf zweiundzwanzig Uhr zu. Da Veikko nichts mehr von Saska preisgab, bestellte Miia ihm, als er auf der Toilette war, einen dreifachen Wodka. Hoffentlich würde das seine Zunge lösen.

Leider lief die Sache in die falsche Richtung.

»Erinnerst du dich noch an unsere kleine Episode damals bei der Weihnachtsfeier?«, fragte Veikko mit glänzenden Augen.

»Wie könnte ich die vergessen. Aber du hast ein wunderbares Zuhause ...«

»Richtig. Und eine wunderbare Frau.«

Miia versuchte es auf die dreiste Tour.

»Hast du eine Idee, was das Motiv für den Mord an Saska sein könnte?«

»Da kommt mehreres infrage. Drogen, Anabolika, andere illegale Mittel, die Sportler nehmen. Auch Neid. Bei jüngeren Männern ist einiges möglich.«

»Und Saska war tatsächlich nicht allein?«

»Davon gehen wir aus. Miia, das bleibt bitte unter uns, aber ausgerechnet von dieser Nacht fehlt das Material aus der Überwachungskamera, und ausgerechnet in dieser Nacht hat der Sicherheitscode an der Tür nicht funktioniert. Außerdem hätte Saska niemals hundertsechzig Kilo heben können. Er hat maximal hundert geschafft, das ist im Studio bekannt. Die Stange mit den Gewichten muss jemand anders auf ihn fallen lassen haben.«

»Könnte es sein, dass die Sache was mit Lauras Tod zu tun hat?«

Veikko lächelte überlegen.

»Unsinn. Die Geschichte ist aufgeklärt, der Fall Laura ist abgeschlossen. Es muss nicht immer alles mit allem zu tun haben, liebe Miia.«

»Aber ich hab da so ein ganz bestimmtes Gefühl …«

»Dein ganz bestimmtes Gefühl kenne ich«, erwiderte Veikko augenzwinkernd und leckte sich die Lippen ab.

»Wieso sollen die beiden Fälle nichts miteinander zu tun haben? Ich habe von mehreren Seiten gehört, dass Laura …«

Veikkos Blick war jetzt warnend. Miia konnte sich bestens vorstellen, wie er aufgeregte alte Omas abfertigte, die wegen ihrer entlaufenen Katze zur Polizei kamen.

»Miia. Überlass uns die Arbeit. Ich werde Saskas Tod lückenlos aufklären. Das ist mir ein ganz persönliches Anliegen. Unter uns: Korhonen wird früher in Ruhestand gehen, als er angenommen hat. Und ich will seinen Posten haben.«

Als das Taxi kam, umarmte Veikko sie fest und flüsterte ihr ins Ohr: »Schön, dass wir uns mal wieder gesehen haben. Ich denke immer gern an dich.«

»Wir sehen uns bestimmt bald wieder.«

»Wir könnten doch mit dem Taxi zu dir fahren, wie damals, nach der Weihnachtsfeier. Natürlich nur zum Reden.«

Miia verfrachtete Veikko sanft, aber bestimmt ins Taxi.

»Morgen ist ein Arbeitstag. Da ist es klüger, wenn jeder in seinem eigenen Bett landet.«

»Ach, Miia. Du weißt einfach immer, was das Beste für mich ist. Na dann, bis bald!«

Veikko zog die Autotür hinter sich zu.

Miia blieb auf der Straße stehen, bis die Lichter des Taxis im Dunkeln verschwunden waren.

Sie war nicht unzufrieden mit dem Abend, aber sie hätte ihren Job noch besser machen können.

25

»Guten Morgen! Kopfschmerzen?« Veikkos fidele Stimme dröhnte durchs Telefon in Miias Ohr. »Ich hab dich doch hoffentlich nicht geweckt? Ist schon sieben!«

»Nein, nein. Ich trinke gerade Kaffee.« Miia bemühte sich um einen frischen Ton. Verdammt, was wollte der um diese Tageszeit?

»Glänzend. Krista-Marion sagt immer, dass der Morgen die allerbeste Zeit ist, weil der Mensch da am meisten Energie hat und absolut aufnahmebereit ist.«

Veikkos laute Stimme war wie ein Fußtritt. Mit dem Telefon in der Hand quälte Miia sich aus ihrem Bett. Sie fühlte sich alles andere als aufnahmebereit. Der Energy-Drink hatte sie bis spät in die Nacht wachgehalten, und einen Kater hatte sie obendrein.

»Dann trink mal flott deinen Kaffee aus und beweg dich auf die Polizeiwache. Seltsam, dass du Laura grade gestern noch erwähnt hast. Heute taucht ihr Name schon wieder auf.«

Miia eilte durch das hell beleuchtete Foyer. Ein paar alte Bekannte nickten ihr zu, doch niemand schenkte ihr ein richtiges Lächeln. Na ja, eigentlich kein Wunder. Aus den Augen, aus dem Sinn, und schließlich hatte Miia die Einladungen der ehemaligen Kollegen alle ausgeschlagen, weil sie sich um Lauras Verschwinden kümmerte oder im Internet recherchierte. Irgendwann war sie nicht mehr eingeladen worden. Die einzige Verbindung zu ihrer alten Arbeitsstelle war Korhonen, und der war jetzt nicht da. Ein komisches Gefühl. Immerhin, sie selbst war da. Man hatte den Maulwurf reingelassen.

Sie ging in Korhonens Zimmer; Veikko war offenbar gerade woanders. Allerdings hatte er seine Spuren in Korhonens Zimmer hinterlassen beziehungsweise die Spuren des alten Kommissars getilgt: Alles war blitzblank geputzt und roch nach Zitrusduft, die Ordner standen in Reih und Glied, sämtliche Papiere und sogar der Teppich lagen wie mit einem Geometriedreieck ausgerichtet an ihrem Platz. In Miia regte sich Trotz. Sie stampfte kräftigt mit den Füßen auf und verteilte den Sand, der aus ihren Schuhsohlen rieselte, auf dem Boden. Ihre Jacke warf sie schlampig aufs Regal. Als ihr Blick auf den Stifteständer fiel und sie zwischen den Kugelschreibern Korhonens Nagelfeile sah, nahm sie sie kurzentschlossen an sich. Korhonen hatte sie zum Öffnen einer klemmenden Schublade benutzt, und bei der Vorstellung, dass Veikko sich damit seine Fingernägel feilte, wurde Miia übel.

»Guten Morgen, Miia!«

Heute hatte Veikko einen Strickpulli mit Einhorn auf der Brust an.

»Schon wieder neuer Dreck hier? Krista-Marion sagt immer, ordentliches Zimmer, ordentliche Gedanken.«

Miia hoffte, dass Veikkos Frau Recht hatte, denn

Veikkos Hand rutschte bei der Begrüßung auf Miias Hintern.

»Gut siehst du aus!«, posaunte er.

Miia war genervt. Was grinste der ständig so blöd? Am liebsten hätte sie ihm einen Tritt in die Eier verpasst.

»Krista-Marion sagt immer, dass die Finnen keine Komplimente annehmen können. Du könntest wenigstens danke sagen.«

Miia entschloss sich, das Thema zu wechseln. »Ihr habt also neue Informationen über Laura?«

Sie machte es sich im Besuchersessel bequem.

Veikko stellte eine Gegenfrage. »Nora Hyvärinen ist eine deiner Schülerinnen?«

Miia nickte. »Ja, aber was hat sie mit Laura zu tun?«

»Sie möchte uns was über Laura erzählen. Und sie wollte, dass jemand von der Schule dabei ist, und hat dich vorgeschlagen.«

Miia war erstaunt. Was wollte Nora so dringend loswerden?

In diesem Moment klopfte es an der Tür, Nora und ihre Eltern traten ein.

»Setzen Sie sich, lassen Sie uns gleich anfangen«, begrüßte Veikko die Familie. »Wie meine Frau Krista-Marion immer sagt: Zeit soll man nicht verschwenden.«

Noras Eltern sahen einander irritiert an.

Miia nahm die Zügel in die Hand. »Am besten erzählst du selbst«, forderte sie das Mädchen auf.

Noras Mutter kam der Tochter zuvor. »Nora war in

letzter Zeit sehr bedrückt. Gestern Abend hat sie furchtbar geweint. Irgendwann hat sie gesagt, dass sie beobachtet hat, wie Laura ins Meer gestoßen wurde.«

Miia fiel ein Stein vom Herzen.

»Gestoßen wurde? Von wem?«, fragte sie fast ein wenig zu schnell.

»Das konnte ich nicht sehen, ich war nicht nah genug dran. Von irgendeinem Mann halt.«

»Das ist doch schon mal was. So weit weg kannst du nicht gewesen sein. Da hast du doch sicher noch mehr gesehen.«

»Der Mann war ziemlich groß.«

Veikko schien auf all diese Informationen wenig zu geben und hüstelte demonstrativ. Als die anderen ihn irritiert ansahen, brummte er: »Frosch im Hals. 'tschuldigung.«

»Ich bin ziemlich sicher, der Mann war blond.«

»Gut, Nora. Und du hast deutlich gesehen, dass er Laura geschubst hat? Sie ist nicht gestürzt oder gesprungen oder so?«

»Ja, er hat sie vom Felsen gestoßen.« Nora machte die Bewegung mit den Händen nach.

»Wieso hast du uns das nicht schon früher erzählt?«, schaltete Veikko sich ein.

Noras Mutter legte schützend den Arm um ihre Tochter. »Nora hat Angst, dass der Mann auch sie umbringt.«

»Was hat der Mann danach gemacht? Nachdem er Laura runtergestoßen hat?«, fragte Miia.

»Er ist weggegangen.«

»In welche Richtung?«

»Das weiß ich nicht. Ich bin selber so schnell wie möglich abgehauen.«

»Wieso?«

»Weil ich Angst hatte, dass der Mann auch mir was antut.«

»Und die, mit denen du da warst? Sind deine Freunde auch abgehauen oder dageblieben?«

»Sie sind noch geblieben.«

»Und wer war das?«

Miia schnappte sich einen Stift und ein Blatt Papier und wollte die Namen notieren.

Nora zögerte.

»Ich war doch allein. Jedenfalls auf dem Felsen. Ich musste pinkeln, die anderen saßen viel weiter weg.«

26

»Nora ist in der letzten Zeit ein paar Mal bei mir gewesen. Sie hatte Angst, dass Lauras Tod kein Unfall ist und auch sie selbst umgebracht wird. Ich habe diese Gedanken erst unter allgemeiner Massenhysterie verbucht, aber vielleicht ist doch mehr dran. Allerdings wissen wir nicht, ob Nora die Wahrheit sagt«, sagte Miia und blickte Korhonen, der ihr gegenübersaß, in die Augen. Sie hatte ihn sofort nach ihrem Besuch auf der Polizeiwache angerufen und ein Treffen im Café vorgeschlagen.

»Das Mädchen ist schlau. Saska dagegen ist völlig ohne Vorahnung und ohne Angst in sein Verderben gerannt.« Korhonen schlürfte seinen schwarzen Kaffee.

»Die andere Möglichkeit wäre, dass Nora mit ihrer Geschichte was ganz anderes bezweckt«, gab Miia zu bedenken.

»Was meinst du damit?«

»Nora wirkt ziemlich unausgeglichen, und was sie Veikko und mir gerade präsentiert hat, ist alles andere als wasserdicht.« Dabei hätte Miia Nora so gern geglaubt.

Korhonen sah sie fragend an.

»Sie hat sich mehrmals widersprochen. Außerdem, wieso rückt sie erst jetzt mit der Geschichte raus?«

»Einen Mord zu beobachten ist fast immer eine traumatische Angelegenheit. Die wenigsten können präzise von ihren Beobachtungen berichten. Wieso sollte das Mädchen sich so etwas ausdenken?«

Korhonen war offensichtlich bereit, Nora zu glauben. Er brauchte einen Sündenbock, dem er auch Saskas Tod in die Schuhe schieben konnte.

»Vielleicht sucht Nora Aufmerksamkeit, will auch was zu melden haben. Woher soll ich das genau wissen – Teenies sind eben so.«

»Wenn sie Aufmerksamkeit sucht, würde sie Lippenstifte klauen und die Hausbar der Eltern leertrinken, aber doch nicht so eine Geschichte erfinden.« Korhonens Stimme wurde lauter. »Miia, endlich haben wir eine Zeugenaussage! Ich werde sie ganz sicher nicht deshalb anzweifeln, weil sie von einem Teenager stammt. Wir müssen das Mädchen erneut vorladen.«

»Aber ...«

»Ich schätze, Veikko glaubt dem Mädchen genauso wenig wie du?«

Miia nickte. Korhonen traf ins Schwarze. Sobald Nora und ihre Eltern gegangen waren, hatte er verkündet, dass der Fall Laura nicht neu aufgerollt werden würde.

»Dafür habe ich ein paar Informationen zu Saska, die mit Sicherheit verlässlich sind.«

Als Veikko Miia einen Kaffee holen gegangen war, hatte sie prompt seine Aufzeichnungen gefunden: Die Polizei hatte mehrere Mitglieder des Fitnessstudios befragt. Eine Besucherin erzählte, dass sie an jenem späten

Abend neben Saska noch zwei andere Leute gesehen hatte, darunter Toni Ojantaus. Und: Laut Autopsie war Saska um zweiundzwanzig Uhr ums Leben gekommen.

»Toni Ojantaus war zur gleichen Zeit im Fitnessstudio?« Korhonen ließ fast seinen Kaffeelöffel fallen. »Dessen Mutter hat sich gerade heftig aufgeregt, weil Toni beim Fußball auf der Bank sitzen musste. Die hat dem Trainer ordentlich eingeheizt. Mein Saska dagegen ist immer auf dem Platz gewesen.«

»Ich hab noch weiter gelesen: Toni hat ein Alibi. Er hat mit seiner Mutter und seinem Bruder Lauri zu Hause die Zweiundzwanzig-Uhr-Nachrichten gesehen.«

»Und so ein Alibi überzeugt Veikko, ja?! Herrgott, Toni hätte sogar für beide Morde ein Motiv. Bei Laura Eifersucht, bei Saska Neid.«

»Veikko wird Toni Ojantaus definitiv aus der Schusslinie nehmen. Seine Frau Krista-Marion ist eine von Tiina Ojantaus' wichtigsten Verkäuferinnen. Ganz oben in diesem elenden Pyramidensystem.«

Korhonen seufzte. »Auch das noch.«

Er hatte Recht. Veikko Holm war durch seine Frau schon genauso geschädigt wie Isabella durch Tiina, er hatte sogar gleich auf der Wache angefangen, die Produkte von Wellness & Spirit zu loben. Er würde nicht zulassen, dass ein Schatten auf die Familie Ojantaus fiel.

»Die Sache liegt also allein in unseren Händen«, sagte Korhonen ernst.

»Ach, Korhonen. Ich denke schon, dass Veikko und die Kollegen ihrer Arbeit nachgehen.«

»Aber wir sind schneller. Außerdem ist das der einzige Weg, so bald wie möglich offiziell in mein Büro zurückzukommen.«

Miia hatte Korhonen nichts von Veikkos Plänen erzählt, aber der alte Kommissar ahnte offenbar selber, dass Veikko es auf seine Stelle abgesehen hatte.

»Lassen wir uns noch mal nachschenken?«, fragte Korhonen.

Miia nickte. Als Korhonen mit randvoll gefüllten Kaffeetassen wiederkam, räumte Miia ihr Tablett beiseite, und Korhonen legte sein abgenutztes Notizbuch auf den Tisch.

»Also. Toni Ojantaus. Dann der Mann, der neben Toni auch im Studio war. Und der Typ, von dem Saska erzählt hat. Der ist anscheinend so gut wie immer da. Er muss Stammgast sein oder Trainer. Aber er wurde kurz nach neun nicht im Gerätesaal gesehen, vielleicht kam er später, oder war im Büro.«

»Wie gehen wir vor?«, fragte Miia.

»Du befragst Nora. In der Schule. Frag ganz direkt, ob es Toni war, der Laura vom Felsen gestoßen hat. Sag ihr, dass wir für ihre Sicherheit garantieren und sie keine Angst haben muss, Namen zu nennen.«

»Ich könnte Lauri fragen, ob das mit seinem Bruder Toni und den Nachrichten stimmt und was er von der Nachrichtensendung noch weiß. Andererseits traut der sich vermutlich nicht mehr, irgendwas zu sagen, seit er neulich im Wald zusammengeschlagen wurde.«

»Aber du würdest doch merken, wenn er lügt.«

Miia nickte und hoffte, dass Korhonen richtig lag. Lauri war kein einfacher Fall.

»Und der zweite Mann, den die Hausfrau gesehen hat? Und dieser Trainer oder Stammgast, den Saska erwähnt hat? Wir sollten uns im Studio umhören, oder?«

»Ja. Aber am wichtigsten ist erst mal dein Gespräch mit Nora.« Korhonen sah auf seine Uhr und stand auf. »Leider kann ich momentan nicht groß umherlaufen und Leute befragen. Meine Frau Annikki braucht mich zu Hause.«

»Klar. Ich kümmere mich drum. Ist doch logisch, dass das eine heftige Situation für euch ist.«

»Ruf mich an, sobald du mit Nora und Lauri gesprochen hast. Dann treffen wir uns. Ab und zu muss ich schließlich mal raus aus diesem Jammertal.«

Kaum war Korhonen weg, holte Miia ihr Handy raus und verschickte eine Nachricht. »Kann ich vorbeikommen?«

Sie musste nur wenige Minuten auf die Antwort warten. »Klar.«

27

Suski hatte von ihrer Mutter gelernt, dass Liebe eine Frage des Willens und des Durchhaltens war. Suskis Eltern hatten bis in den Tod Willen bewiesen – allerdings war Suski sich nicht sicher, ob sie in den letzten Ehejahren noch besonders viel miteinander gesprochen hatten. Dennoch wusste sie für sich selbst auch kein anderes Rezept. Also hatte sie leckere Sachen eingekauft und würde ein feines Abendessen servieren, dabei eine neue Bluse und ihren hübschen kurzen Rock tragen.

Jetzt saß sie allerdings noch im Bademantel auf dem Sofa, hatte gegen ihre Gewohnheit ein Bier aufgemacht und sah aus dem Fenster. Nikke war mal wieder Joggen oder sonst wo. Sie nahm sich fest vor, sich nicht von seiner Stimmung anstecken zu lassen.

Sie aßen schweigend. Irgendwann trank Suski einen großen Schluck Wein und nahm all ihren Mut zusammen.

»Hattest du einen guten Arbeitstag?«

»Ganz okay.«

»Schön.« Suski griff wieder zu ihrem Glas. »Ich hab heute von einer Bekannten gehört, dass die Mitglieder von Gym24, die an dem Abend da waren, als Saska verunglückt ist, sich bei der Polizei melden sollen. Hast du das schon gemacht?«

»Wieso sollte ich?«, entgegnete Nikke gereizt.

»Aber du warst doch an dem Abend da.«

»War ich nicht! Und selbst wenn, ich würde mich nie wieder freiwillig bei der Polizei melden.«

»Nikke. Ich weiß genau, dass du an dem Abend trainiert hast.«

»Spionierst du mir etwa nach? Führst du Buch darüber, wo ich bin? Oder trage ich ohne mein Wissen einen Ortungssensor?«

Damit war das Gespräch beendet.

Als Suski später bei Miia klingelte, war sie den Tränen nahe.

»Suski, zieh deine Jacke aus. Und dann sag mir, was los ist.«

»Das ist nur eine schlechte Phase. Das geht wieder vorbei.« Sie lächelte gezwungen.

Miia griff nach Suskis Hand.

»Erzähl doch, was dich bedrückt.«

»Ach, eine ganz blöde Sache.« Suski wischte sich mit dem Handrücken eine Träne weg. »Ich hab Nikke gefragt, ob er sich bei der Polizei gemeldet hat. Er war an dem Abend mit Saska ja auch bei Gym24. Er ist stinksauer geworden und hat gefragt, ob ich ihn bespitzele. Würde ich doch nie tun.«

Miia schaute überrascht.

»Nikke war an dem Abend da?«, fragte sie ernst.

»Ja, mehrere Stunden sogar, jedenfalls hatte er das vor dem Weggehen so angekündigt.«

»Hm. Und falls er tatsächlich nicht da war, wo war er dann?«

»Keine Ahnung. Er erzählt mir ja so gut wie gar nichts mehr. Ach, Miia, vielleicht sollte ich einfach mal wieder einen netten Abend organisieren. Mit dir, Aikku und Isabella. Und Mikael. Das bringt Nikke bestimmt auf andere Gedanken.«

Miia schwieg. Typisch Suski, immer dachte sie, dass man mit Tatkraft und gutem Essen die Dinge zum Besseren wenden konnte.

28

In Nikkes Zimmer an der Schule waren die Jalousien der Fenster zum Flur heruntergelassen. Miia scherte sich nicht darum, sondern hämmerte laut gegen die Tür. Irgendwann rüttelte sie an der Klinke – abgeschlossen. Anscheinend war Nikke nicht da.

Sie hatte die ganze Nacht wachgelegen. War ihr Bruder wirklich an jenem schrecklichen Abend im Studio gewesen? Die Frage machte sie völlig fertig. Erst wenige Wochen war es her, dass nach Lauras Verschwinden auf Nikke ein Verdacht gefallen war. Wieso hatte er sich schon wieder in eine heikle Situation hineinmanövriert? Und wieso wollte er partout nicht zur Polizei? War Nikke der Mann, den die Zeugin gesehen hatte?

Miia ging rüber in ihr eigenes Zimmer und schickte ihrem Bruder eine Nachricht mit der Bitte, sie so schnell wie möglich anzurufen.

Sie ließ sich seufzend auf ihren Stuhl fallen. Noch ein kurzer Moment, bis Nora kam. Miia hatte Noras Chemielehrer im Lehrerzimmer abgefangen und ihn gebeten, die Schülerin sofort zu ihr zu schicken. Sie schaute kurz bei Facebook und Twitter vorbei – ihre Selbstkontrolle in Sachen Internet ging inzwischen gegen null – und warf auch noch einen Blick in den neuen Blog von dieser Madde. Das Mädchen präsentierte stolz seine perfekt lackierten, mit Strasssteinen versehenen Fingernägel und wies auf eine Sonderaktion des Nagelstudios hin. Miia hatte nie verstanden, wie man seinen Alltag mit langen Fingernägeln bewältigen konnte. Computer und Handys bedienen, Dosen öffnen, Zärtlichkeiten mit einem anderen Menschen austauschen ohne diesem weh zu tun – das war doch unmöglich.

Dann ging die Zimmertür auf. Nora stand vor ihr.

»Setz dich«, sagte Miia, »einen kleinen Augenblick noch.«

Sie klappte schnell den Bildschirm ihres Laptops runter.

Nora nutzte den Moment und blickte auf ihr Handy.

»Wichtige Nachrichten?«, fragte Miia.

»Eine muss ich kurz beantworten.«

Blitzschnell tippte und verschickte Nora ihre Nachricht.

Wenn diese Generation erwachsen war, würden Ärzte und Orthopäden eine Menge zu tun haben, um die seit der Kindheit über elektronische Geräte gebeugten Körper wieder in eine halbwegs aufrechte Haltung zu bringen, dachte Miia. Als Nächstes fielen ihr Noras Fingernägel auf. Sie sahen aus wie die von Madde, bloß passten sie bei Nora nicht zu ihrem sonstigen Stil.

»Tolle Nägel.«

»Danke.« Nora klang zufrieden.

»Darf ich die mal genauer anschauen?«

Nora hielt ihr stolz die Hände unter die Nase.

Kein Zweifel, derselbe Look.

»Ist so was nicht teuer?«, fragte Miia.

Sofort zog Nora ihre Hände weg und versteckte sie unter ihren Oberschenkeln.

»Ich hatte einen Gutschein«, antwortete sie. »Von meiner Mutter.«

»Kennst du den Blog *Madde's life*?«

»Kann schon sein. Doch, klar kenn ich den. Daher hab ich die Idee mit den Nägeln auch.«

Seltsam. Hatte Madde ihre Nägel nicht eben erst präsentiert? Wie konnte Nora da schon bei der Maniküre gewesen sein? Vielleicht war sie schnell gewesen. Oder der Blogeintrag war doch schon ein paar Stunden älter.

»Kennst du Toni Ojantaus?«, wechselte sie das Thema.

»Alle kennen Toni.«

»Hat vielleicht er Laura vom Felsen gestoßen?«

»Toni?« Nora schien verblüfft. Dann dachte sie nach.

»Wir haben ja schon bei der Polizei über die Geschichte gesprochen. Aber ich wollte ganz konkret nachfragen. Und sicher gehen, dass Toni dir nicht womöglich verboten hat, was zu sagen.« Miia bemühte sich um einen sachlichen Ton.

Noras Gesicht verfinsterte sich.

»Doch, das hat er«, flüsterte sie.

»Inwiefern?«

»Er hat gedroht mich umzubringen, wenn ich was sage.«

Miia durchschaute Nora. Ihr um Aufmerksamkeit heischender, fast flehender Blick sagte alles. Oh mein Gott, dachte sie. Veikko Holm hatte Recht. Noras »Zeugenaussage« war tatsächlich nichts als der Hilferuf einer Pubertierenden.

»Ich hab dir das doch schon neulich gesagt. Ich habe Angst, dass ich die Nächste bin«, fuhr Nora fort.

»Nora, mal ganz ehrlich. Ich glaube dir kein Wort. Und gleichzeitig verstehe ich dich sehr gut. Glaub mir, ich will dir helfen.« Miia lehnte sich in ihrem Stuhl zurück. »Ich weiß, wie du dich fühlst. Du glaubst, dass niemand dich wirklich sieht, niemand dich versteht, niemand sich etwas aus dir macht.«

Nora schwieg, schien aber aufmerksam zuzuhören.

Miia beschloss, weiter zu machen.

»Das ist in deinem Alter ganz normal. Und vermutlich kannst du zu Hause nicht über deine Gefühle reden, oder?«

Jetzt explodierte Nora. »Was für eine Scheiße! Du und dein Bruder, ihr redet beide immer dasselbe dämliche Zeug. Ihr glaubt mir garantiert erst, wenn ich tot bin!« Sie sprang von ihrem Stuhl und riss die Tür auf.

Davor stand Lauri Ojantaus.

Es dauerte einen Moment, bis die beiden sich in der Tür aneinander vorbei gequetscht hatten.

»Nora, komm zurück, lass uns das Gespräch vernünftig beenden«, rief Miia dem Mädchen hinterher.

Keine Chance.

Lauri grinste.

Das verging ihm, als Miia ihn streng ansah.

»Wie geht es dir?«, eröffnete sie das Gespräch.

»Geht«, erwiderte er, einsilbig wie immer.

29 Miia hatte sich nie stressen müssen, wenn sie zu sich nach Hause einlud. Auch heute hatte Suski schon so gut wie alles erledigt und drückte Miia nur noch die Liste für den Alko-Getränkemarkt in die Hand.

Als sie mit den Flaschen zurückkam, duftete es nach frisch aufgeschnittenem Brot und Hackfleisch-Köfte aus dem Ofen, der Tisch war fertig gedeckt. Als Miia die erste Sektflasche entkorkte, klingelte es. In Erwartung Isabellas oder Aikkus rannte sie zur Tür, aber draußen stand Mikael.

»Nett, dass du gekommen bist«, stammelte sie.

Ihr letztes Treffen lag inzwischen eine Weile zurück, und sie hatte Mikael nur eingeladen, weil Suski drauf bestanden hatte. Sie lächelte verlegen.

»Ist doch Ehrensache.« Mikael begrüßte sie mit einem Kuss auf den Mund und überreichte ihr einen Blumenstrauß und eine Flasche Champagner.

»Herzlich willkommen auch von mir! Schön, dass wir uns endlich mal kennenlernen«, flötete Suski.

Mikael gab ihr einen Kuss auf die Wange und lobte ihre Frisur. Mehr brauchte es nicht, um Suski zu überzeugen. Als Mikael seinen Mantel ablegte, machte sie Miia wilde Daumen-hoch-Zeichen.

Wenn dieser Abend einen Sinn hatte, dann zumindest den, zwei Leute glücklich zu machen: Für Mikael war es ganz offensichtlich ein wichtiger Schritt, Miias Freunde kennenzulernen, und Suski freute sich, endlich mal einen durch und durch sympathischen Mann an Miias Seite zu erleben.

Nach dem ersten Gang ging Miia in die Küche, um mehr Wein zu holen. Nikke stand am Küchenschrank und naschte Käsechips, die die gesundheitsbewusste Suski wohlweislich nicht auf den Tisch gestellt hatte. Miia beschloss, die Gelegenheit beim Schopf zu packen.

»Ich muss dich was fragen. Auf meine SMS hattest du ja nicht reagiert.«

»Ach so, ja. Sorry. Schieß los, Schwesterherz.«

Miia nahm sich erst noch eine Handvoll Chips aus der Tüte. Es fiel ihr nicht leicht, Nikke zu fragen. Wieso eigentlich? Er war ihr Bruder und hatte garantiert nichts mit Saskas Tod zu tun. Also los.

»Suski hat gesagt, dass du an dem Abend mit Saska bei Gym24 gewesen bist. Bist du schon zur Polizei gegangen?«

Nikke pfefferte die Chipstüte auf die Arbeitsplatte.

»Verdammte Scheiße! Habt ihr nichts Besseres zu tun, als euch um meine Termine zu kümmern?« Er sah Miia warnend an.

»Du warst also nicht bei der Polizei?«

»Ich bin erwachsen und kann mich selbst darum kümmern, was ich zu tun und zu lassen habe. Hör mal, Miia, war dieser Abend nicht dazu gedacht, dass wir uns alle ein bisschen entspannen?« Sein Lächeln wirkte gezwungen.

»Okay. Ich vertraue dir«, sagte Miia und bohrte den Korkenzieher in die Rotweinflasche.

»Dann ist ja alles gut«, erwiderte Nikke und verließ die Küche.

Als Miia den Korken rausziehen wollte, brach er in der Mitte durch. Kein Wunder, so wütend wie sie war. Als sie endlich mit der offenen Flasche zurück ins Wohnzimmer ging, saßen Mikael und Isabella auf dem Sofa und Nikke und Aikku nebeneinander am Tisch. Seltsamerweise wanderte Nikkes Hand über Aikkus Rücken.

30

Rinnis94

Wieso trägst du deine Haare immer gleich? Dauernd dieser überlange Pony. Der geht dir ja bis fast zur Nasenspitze. Wie kannst du da überhaupt was sehen? Probier doch mal einen Pferdeschwanz oder einen locker hochgesteckten Dutt. Oder hast du Angst, uns dein Gesicht zu zeigen?

Madde

Soweit ich weiß, habe ich meine Leser nicht um Feedback zu meiner Frisur gebeten.

Tove

So ein harmloser Kommentar, und gleich spielst du die beleidigte Leberwurst.

Madde

Weder spiele noch esse ich Leberwurst (pfui!). Aber der Ton macht die Musik, oder?

Tove

Ich fand den Ton von Rinnis ganz okay.

Rinnis94
Hab's nicht fies gemeint. Ich finde halt, dass es langweilig ist, immer dieselbe Frisur zu tragen. Mich kannst du damit jedenfalls nicht inspirieren.

Bob
Ganz klar: Sie traut sich nicht, ihr Gesicht zu zeigen. Zu hässlich.

Madde
@Rinnis: Meine Haare als langweilig zu bezeichnen finde ich schon einen ziemlichen Angriff. Kann dir doch egal sein. Ich schreibe diesen Blog schließlich nicht, um euch zu gefallen oder eure Erwartungen zu erfüllen.

Rinnis94
Wieso fragst du dann ständig, wie wir deine Klamotten und Handtaschen finden?

Bob
Weil Madde null Selbstbewusstsein hat und total ausgehungert ist nach Bestätigung.

Madde
@Rinnis: Haare sind was anderes als Klamotten und Handtaschen.

Rinnis94

Meinetwegen. Leider finde ich auch deine Klamotten eher langweilig. Liegt vielleicht an der blöden Frisur. Uups, habe ich jetzt schon wieder was Falsches gesagt?

Little Princess

Madde, wieso machst du dir so viel aus solchen Postings? Du führst einen öffentlichen Blog, da musst du mit solchen Reaktionen rechnen. Außerdem frage ich mich, wieso Rinnis dich nervös macht, aber Bob anscheinend nicht?

Madde

Wer meinen Blog nicht mag, soll sich woanders umsehen, es gibt haufenweise andere Blogs – mit vielleicht tolleren Frisuren. @Rinnis: Ich habe deine IP-Adresse. Bei der nächsten Attacke kriegst du Stress mit der Polizei.

Little Princess

Also, so heftig, dass man gleich zur Polizei rennen muss, war das ja nun nicht.

Dolphin girl

Krass, wie viel Energie die Leute aufwenden, um dich runterzuziehen, Madde. Ich kapier nicht, wie du da überhaupt noch so sachlich bleiben kannst. Die Kommentare von Bob würde ich an deiner Stelle sofort löschen. Na ja, ich wünsch dir ein paar super Tage in Dubai. Hoffentlich hast du Zeit, ein paar Fotos von dort zu schicken. Wir Normalsterblichen kommen da sicher nicht so schnell hin.

Scheiß Dubai, dachte Nora und klappte ihren Laptop zu. Sie sah aus dem Fenster und überlegte, ob sie ein Foto von dem trüben Himmel über Palokaski machen sollte. Wahrscheinlich würden die Blogleser ihr tatsächlich glauben, wenn sie behauptete, dass ein Sandsturm sich Dubai näherte und der Himmel deshalb so dunkel war. Sie glaubten ja auch, dass die mottenzerfressene, senfgelbe Strickmütze vom Dachboden der neueste Schrei war; man sah auf der Straße sogar schon einige Imitationen. Auch Maddes Frisur hatte Nachahmer gefunden, darunter auch ein paar mutige Jungs. Maddes Blog war in kürzester Zeit zu einem der beliebtesten im Land geworden und drohte Ritas *jackpot world* von Platz eins zu vertreiben.

Bis vor kurzem hatte Nora nichts sehnlicher herbeigewünscht als die Herbstferien – das Blogschreiben nahm immer mehr Raum ein und ließ sich nur noch mühsam neben der Schule schaffen. Aber seit sie bei der Polizei gewesen war, hatte sich alles geändert.

Zuerst war sie erleichtert gewesen, dass sie diesen Schritt gewagt hatte. Doch als ihre Zeugenaussage völlig ohne Folgen blieb, setzte ein gewaltiges Gefühl der Leere ein. Nora hatte angenommen, dass die Polizei ihrer Aussage nachgehen würde, dass Zeitungen anrufen und um Interviews bitten würden. Aber nein. Es war, als hätte es ihre Aussage gar nicht gegeben.

Ab da fühlte sich alles nur noch mies an. Vor allem Maddes Blog. Nora wünschte, sie hätte nie damit begonnen oder sie könnte zumindest still und heimlich wieder damit aufhören. Die Bewunderung der Leser störte sie plötzlich, die kritischen Stimmen ertrug sie wesentlich besser. Im Grunde fand Nora, dass Madde das Gemecker von Leuten wie Bob verdient hatte – Madde war einfach ekelhaft perfekt. Genau wie Laura.

Nora schaute bei Johannas, Jennas und Marsas Facebook-Seiten vorbei. Jenna war mit ihren Eltern in London, Johanna auf Malta. Marsa hatte am letzten Schultag erzählt, dass bei ihr der New-York-Trip leider ausfallen musste, weil die Oma krank geworden war und ihre Familie nicht weg konnte. Nora wusste jedoch von ihrem Vater, dass Marsas Eltern in finanziellen Schwierigkeiten steckten, nachdem sie sich mit dem Bau einer Ufervilla übernommen hatten.

Nora machte einen Schmollmund und schoss ein Selfie, stellte es bei Instagram ein und schrieb dazu #endlichferienwobleibtdieaction. Vielleicht meldete Marsa sich ja bei ihr, immerhin hockte auch die allein zu Hause. Oder es schrieb wenigstens irgendjemand einen netten Kommentar.

Wenn in den nächsten Stunden jemand auf sie reagierte, so beschloss Nora, würde sie mit Maddes Blog aufhören. Sollten die Leser doch denken, dass sie in Dubai verschollen oder wegen ihrer heißen Looks von der Polizei aufgegriffen worden war. Scheißegal, Hauptsache, sie kriegte ihr Leben als Nora zurück.

»Beim Essen kannst du dein Handy ja wohl mal woanders hinlegen, oder?«, schimpfte Noras Mutter.

»Ich warte aber auf eine Nachricht«, protestierte Nora. Alle dreißig Sekunden sah sie nach, ob ihr jemand auf Instagram geantwortet hatte. Marsa hatte sich laut Facebook inzwischen schon mit ein paar Jungs, die Nora nicht kannte, zu einer Party in Helsinki aufgemacht.

»Nora, du wartest offensichtlich ständig auf eine Nachricht«, schimpfte ihr Vater und schnappte ihr das Handy weg. »Ohne dein Telefon wirst du wahrscheinlich aufhören zu existieren!«

»Papa, gib's mir zurück!«

»Jetzt wird erst mal gegessen.«

»Leute, ich habe eine Idee«, sagte Noras Mutter. »Wir machen in den Herbstferien alle eine Handy- und Computerpause! Dann haben wir richtig viel Zeit, was zusammen zu unternehmen!«

»Nein, das machen wir nicht«, widersprach Nora panisch.

»Ich finde die Idee gut«, sagte ihr Vater. »Mama und ich hocken inzwischen viel zu viel vor unseren Bildschirmen. Wir sind kein gutes Vorbild für deine kleinen Geschwister, Nora. Die denken wahrscheinlich schon, dass das Handy ein Körperteil ist, das einem an den Fingern klebt.«

»Schrecklich, ja«, pflichtete ihre Mutter ihm bei. »Die Sache ist also beschlossen.«

»Nein, da mach ich nicht mit«, rief Nora.

»Doch, wir machen alle mit«, beharrte ihre Mutter.

»Dann soll ich meinen Freunden also schreiben, dass ihr mich für ein saubescheuertes Experiment missbraucht, ja? Das ist ja fast wie Kidnapping! Das ist garantiert nicht mal erlaubt! So eine verdammte Scheiße!«

»Nora, Schluss jetzt. Hör auf mit dem Theater. Und fluch bitte nicht, schon gar nicht, wenn deine Geschwister dabei sind«, ermahnte sie ihr Vater.

»Okay, wir fangen erst um Mitternacht damit an. Dann kannst du deine Freunde vorher noch informieren«, sagte ihre Mutter.

»Ich hasse euch. Ich kann gar nicht sagen, wie ich euch hasse. Und ich werde garantiert nichts mit euch unternehmen! Gott, seid ihr bescheuert.«

Nora schnappte sich ihr Handy und stapfte in ihr Zimmer.

Liebe Madde,
herzlichen Glückwunsch zu deinem tollen Blog. Wir verfolgen ihn schon eine ganze Weile und möchten dir eine Zusammenarbeit anbieten. Wir sind in der Trendforschung tätig und interessieren uns für die

unmittelbare und längerfristige Zukunft von Moden, Meinungen und Einstellungen. Wir hätten dich gern als eine Art Geheimagentin in unserem neuen Projekt dabei. Deine Aufgabe bestünde darin, uns regelmäßig zu bestimmten Dingen Auskunft aus deinem Umfeld zu geben. Keine komplizierte Angelegenheit also, aber sehr gut bezahlt.

Wenn du interessiert bist, was uns sehr freuen würde, dann antworte uns bitte so bald wie möglich.

Mit besten Grüßen,
das gesamte Team von Brand-it-up

Nora las die Mail ein zweites Mal. Trendforschung? Zukunft? Geheimagentin? Sie googelte das Unternehmen und stieß auf eine edle, aber sehr schlichte Website, die sie auch nicht schlauer machte. Was sollte sie antworten?

Da klopfte ihr Vater.

»Nora? Nur noch ein paar Minuten, dann ist es zwölf. Wir haben beschlossen, dass wir die Geräte alle in der Garage einschließen. Du bist dann bitte gleich so weit, ja?«

»Gleich, nur noch ganz kurz, okay?«

»Na gut«, brummte ihr Vater und machte die Tür wieder zu.

Hey, ihr Lieben da draußen, und schöne Grüße aus dem Krankenhaus!

Leider musste ich die Dubai-Reise absagen und lass mir hier stattdessen den Blinddarm rausoperieren.

Sobald ich mich erholt habe, melde ich mich zurück. Genießt die Zeit!

Gruß und Kuss,
Madde

Wie praktisch, damit hatte sie auch das Dubai-Problem gelöst und Aufschub für ihre Antwort an Brand-it-up gewonnen. Endlich mal Ruhe.

Nachdem ihr Vater das Handy und den Laptop aus ihrem Zimmer geholt hatte, kuschelte sie sich ins Bett. Kurz vor dem Einschlafen stellte sie verblüfft fest, dass sie sich auf den nächsten Tag freute. Das Gefühl hatte sie ewig nicht mehr gehabt. Morgen brauchte sie niemandem auf Facebook nachzuspionieren, brauchte sich keine einzige Sekunde als Außenseiterin zu fühlen. Ihr Vater hatte vorgeschlagen, dass sie erst schwimmen und später ins Kino gehen könnten.

Ehrlich gesagt fand sie die Idee ihrer Mutter doch nicht mehr so blöd. Vielleicht entpuppte sie sich sogar als das Beste, was ihr seit langem passiert war.

31

Zu vorgerückter Stunde saß Miia mit den anderen an einem Fensterplatz in der *Alten Dame*. Mikael und Nikke holten Sekt, Isabella und Aikku füllten Karaoke-Wunschzettel aus. Bisher war der Abend angenehm und unterhaltsam verlaufen: leckeres Essen, reichlich Alkohol, Gespräche und Gelächter – und bevor sie in die *Alte Dame* aufgebrochen waren, sogar noch ein bisschen Sockentanz im Wohnzimmer. Nur Nikkes Hand auf Aikkus Rücken passte nicht dazu. Hatte Miia sich das vielleicht nur eingebildet?

»Wer will sich außer uns noch zum Karaoke anmelden? Miia, du?«, fragte Aikku.

Miia hob abwehrend die Hände.

Suski sprang ihr bei. »Du weißt genau, dass Miia und ich nicht mitmachen. Aber du und Isabella singt ja quasi für uns mit, so laut wie ihr seid.« Sie kicherte gut gelaunt.

Mikael und Nikke kamen mit einer Flasche Sekt und einem Tablett mit Gläsern zurück an den Tisch. Miia fiel auf, dass ihr Bruder Aikku verstohlen zulächelte.

»Mademoiselles ... voilà.« Mit großer Geste goss Nikke die Gläser voll.

Suski schaute ihren Mann zufrieden an.

Miia hatte sie lange nicht mehr so entspannt erlebt. Auch Nikke nicht. Der quetschte sich neben Miia und flüsterte ihr ins Ohr: »Entschuldige bitte, dass ich vorhin in der Küche nicht gerade der Freundlichste war.«

Miia nahm die Entschuldigung an und drückte ihm die Hand. Dann sah sie zu Mikael rüber, der mit Suski scherzte. Sie hatte ihn den ganzen bisherigen Abend auf Abstand gehalten und verstand sich mal wieder selbst nicht. Mikael war genau der Typ Mann, der ihr guttäte; obendrein verstand er sich bestens mit ihren Freunden.

Wenig später grölten Aikku und Isabella Wange an Wange einen alten finnischen Schlager ins Mikrofon.

Suski zwinkerte ihr zu. »Da würden wir doch locker mithalten, oder, Miia?«

Miia nickte grinsend und prostete ihrer Freundin über den Tisch hinweg zu. Langsam wurde sie müde, aber sie würde den Sekt nicht verkommen lassen. Der Abend war genau so, wie sie ihn sich erhofft hatte. Endlich mal wieder ein bisschen Spaß und Lockerheit. Nur wusste sie nicht so recht, wie sie sich beim Nachhausegehen verhalten sollte. Offiziell war Mikael heute Abend ihr Date, da konnte die Gruppe drum herum noch so groß sein. Sollte sie einfach in die Runde sagen »Mikael und ich gehen demnächst?« Oder ihn lieber erst fragen, ob er auch wirklich gehen wollte? Oder einfach sagen, »ich geh dann mal«? Sie beschloss, ganz langsam ihre Jacke anzuziehen und abzuwarten. Mikael kapierte den Wink.

»Suski, Isabella – es war total nett, euch kennenzulernen. Bis bald hoffentlich!« sagte er und verabschiedete sich von den Damen mit einem Handkuss.

Suski protestierte. »Wartet wenigstens, bis Nikke und Aikku wiederkommen.«

»Ach, die werden uns schon nicht allzu sehr vermissen«, sagte Miia und spürte Mikaels Hand in ihrem Rücken. »Nochmal Danke fürs Organisieren, Suski, das war ein toller Abend.«

So unkompliziert lief der Abgang also. Auf dem Weg nach draußen zuckte Miia allerdings vor Schreck zusammen: An der Theke saß Antti, sah ihr tief in die Augen und lächelte erwartungsvoll. Oh Gott. Was würde jetzt passieren? Würde Antti auf Mikael losgehen, weil er sie begleitete? Sie lächelte zurück, griff aber unwillkürlich nach Mikaels Arm.

Der strahlte zufrieden und küsste sie zärtlich auf die Stirn. Miia ging schneller und zog Mikael mit sich. An der Tür warf sie einen raschen Blick zurück. Antti zwinkerte ihr zu, machte eine Kopfbewegung in Richtung Klo und grinste auffordernd. Bildete der sich wirklich ein, dass sie die Nummer mit der Restauranttoilette wiederholen würde? Unwillkürlich schaute Miia zu den Klos. Im schummrigen Gang davor hielt ein Paar sich eng umschlungen und knutschte. Nikke und Aikku.

32

Miia konzentrierte sich so gut es ging auf ihre Pizza, doch das Schluchzen von Korhonens Ehefrau Annikki drang so laut aus dem Handy, dass sie jedes Wort mitbekam.

Korhonens hilfloses Brummen, wohl tröstend gemeint, machte die Situation nicht leichter.

»Wie geht es Annikki?«, fragte Miia, nachdem er das Telefonat beendet hatte.

»Könnte besser sein. Aber wir kommen da schon irgendwie durch«, seufzte Korhonen und schnappte sich ein Stück von Miias Pizza. »Hast du Veikko Holm wiedergetroffen?«

Miia blickte von ihrem Teller auf. Korhonens linkes Augenlid zuckte nervös. Es war nur eine Frage der Zeit, bis auch sie selbst einen nervösen Tic entwickelte. Auch wenn Nikke sich bei ihr entschuldigt hatte – dass er sich nicht bei der Polizei meldete, beunruhigte sie. Ganz zu schweigen von seiner seltsamen Geschichte mit Aikku. Müsste sie davon nicht streng genommen Suski erzählen? Und dann noch die kurze Begegnung mit Antti. Selbst wenn er locker gewirkt hatte, so kannte sie auch seine eifersüchtige Seite.

Korhonen unterbrach ihre Gedanken. »Du solltest Holm so schnell wie möglich treffen.«

»Aber ...«

»Du hast versprochen, mir zu helfen.« Korhonens

Stimme wurde brüchig, schnell wischte er sich mit dem Handrücken über die Wange.

Mist. Sie konnte ihn nicht im Stich lassen, auch wenn sie sich noch so gern zu Hause verkrochen und es sich vor dem Laptop gemütlich gemacht hätte. Im Internet spielte keine Rolle, was bei ihr los war.

»Okay. Ich klemm mich dahinter.«

»Miia, nett, dich zu sehen!«, rief Veikko Holm, als sie sein Zimmer betrat. »Wie geht's, wie steht's?«

Sie beschloss, ihn einfach zu überrumpeln.

»Habt ihr schon eine Ahnung, wer die andere Person ist, die außer Toni Ojantaus im Fitnessstudio war?«

»Woher weißt du …?«

»Von Sundsberg«, behauptete Miia und zuckte nicht mal mit der Wimper.

»Ach ja? Na gut.« Holm lehnte sich zurück. »Eine Frau hat sich vorgestern bei uns gemeldet.«

»Eine Frau?«, hakte Miia erleichtert nach. Nikke hatte also definitiv nichts mit dem Tod Saskas zu tun. Eine Sekunde später kapierte sie: Natürlich, statt bei Gym24 war er bei Aikku gewesen. Scheiße.

»Ja. Die Dame ist gleich am Tag nach dem Unfall verreist und konnte sich erst nach ihrer Rückkehr melden. Hach, war die schön braun geworden. Wenn man nach Südafrika fliegt … Na ja, am besagten Abend hat sie das Fitnessstudio um halb zehn verlassen und sich mit Freunden in der Kneipe getroffen. Das haben die Freunde bestätigt – und auch die Leute, die im Restaurant arbeiten. Toni Ojantaus hat zusammen mit der Frau das Studio verlassen, das hat sie gesehen. Saska blieb also allein im Geräteraum zurück.«

»Der Mörder kann somit erst nach halb zehn aufgekreuzt sein.«

»So so, Sherlock. Sehr schlau heute.« Holm grinste.

»Gibt es denn schon was von der Spurensicherung?«, fragte Miia.

»An dem Gewicht, das auf Saska lag, sind mehr Abdrücke, als es im Studio Mitglieder gibt. Deshalb machen wir jetzt ein paar DNA-Untersuchungen. Die Ergebnisse stehen noch aus. Allerdings bin ich mir sicher, dass der Täter ein Stammkunde ist oder sogar zu den Angestellten gehört.«

»Wie kommst du darauf?«

»Weil wir inzwischen wissen, dass der Sicherheitscode für die Außentür nur vom zentralen Computer deaktiviert werden kann. Für den braucht man das Passwort.«

»Und wenn sich jemand reingehackt hat?«

»Das würde man merken. Der Computer wurde nicht angegriffen.«

»Trotzdem kann doch auch ein Außenstehender das Passwort in Erfahrung gebracht haben.«

Veikko sah Miia entnervt an. »Wieso machst du es so kompliziert? Krista-Marion sagt immer ...«

»Ich will halt nicht, dass wichtige Optionen verfrüht ausgeschlossen werden.«

»... Krista-Marion sagt immer, dass man nur innerhalb bestimmter Grenzen klar sehen kann.«

»Sind Grenzen nicht dazu da, dass man über sie hinausblickt?«

Veikko stöhnte gereizt auf, drehte Miia den Bildschirm zu und startete eine Fotoshow.

»Hier. Die drei Männer, die in die Kamera grinsen. Und all die anderen Leute. Das sind Fotos von der Weihnachtsfeier letztes Jahr. Da waren alle wichtigen Leute von Gym24 dabei. Von all denen checken wir jetzt die DNA.«

Miia starrte auf durchtrainierte Männer mit roten Wichtelmützen auf dem Kopf und bunten Drinks in der Hand.

»Und wenn die keine DNA-Proben machen lassen wollen?«

»Glaubst du etwa, wir fragen die? Für wie blöd hältst du die finnische Polizei? Ich hab längst jemanden bei Gym24 reingeschleust. Der sammelt die Proben von zwanzig Leuten. Aus stehengelassenen Gläsern und Trinkflaschen, Schweißtropfen, meinetwegen sogar Rotze. Material gibt's genug, das merkt keine Sau.«

Nicht übel. Auf Holms Bildschirm ging die Fotoshow munter weiter. Immer wieder neue Szenen der feuchtfröhlichen Weihnachtsfeier. Dann setzte Miias Herz für einen Moment aus.

»Stopp, halt mal an!«

»Was ist denn los?«

Miia klickte sich zum vorigen Bild zurück. Ja, eindeutig. »Das ist Antti.«

Im Gegensatz zu allen anderen schaute er ziemlich aggressiv in die Kamera und hatte sichtlich keine Lust, fotografiert zu werden.

»Antti? Nee, das ist McCoy. Arbeitet als Personal Trainer. Der ist gar nicht so übel, hat mir und Krista-Marion gerade einen Ernährungsplan aufgestellt. Weihnachten können wir dann wieder richtig schlemmen, ha.«

»McCoy?«

»Ist natürlich nicht sein richtiger Name. Warte mal, ich hab seine Visitenkarte.«

Veikko durchwühlte seine Schreibtischschublade und reichte ihr schließlich die Karte.

Pekka Hulkko. Und eine Telefonnummer. Auf dem kleinen Bild neben dem Namen lächelte Pekka alias Antti breit in die Kamera. Tja, das war er, der Typ, dem Miia sich in ihren schwachen Momenten in die Arme geworfen hatte. Wieso hatte er sich ihr mit falschem Namen vorgestellt? Wieso hatte er sie belogen? Wen hatte sie eigentlich in ihr Zuhause gelassen? Sogar in ihren Körper? Was wollte dieser Typ von ihr? Miia kriegte kaum noch Luft.

»Wie gesagt, ein kompetenter Kerl. Du solltest dich auch mal von ihm beraten lassen, so dünn wie du bist. Wie Krista-Marion immer sagt: Ein prächtiger Tempel braucht kräftige Säulen.«

Miia hörte gar nicht mehr hin. In ihren Armen und

Beinen kribbelte es seltsam. Sie musste sofort weg. Doch Weglaufen half nicht: Antti, Nikke, Laura, Saska, Venla, sie alle verfolgten Miia und ließen ihr keine Ruhe.

»Ich hab's dir doch gerade eben gesagt. Für mich ist hier Schluss. Veikko kriegt das auch ohne uns hin, er hat eine gute Strategie. Wir können uns wieder ausklinken«, rief sie atemlos ins Telefon und bog in ihre Straße ein. Bloß nach Hause. Mit der freien Hand klackte sie auf dem Autoschlüssel herum. Auf, zu, auf, zu. Das schien das Einzige zu sein, was sie noch vor dem Zusammenbruch bewahren konnte. Wahrscheinlich würde sie den Schlüssel nie in die Asservatenkammer zurückbringen.

»Miia, mal langsam. Komm, wir treffen uns und reden in Ruhe über alles.«

»Nein. Ich bin gleich zu Hause, und da bleibe ich auch.«

»Du kannst mich mit der Sache nicht allein lassen.«

»Es tut mir furchtbar leid, Korhonen, aber es geht nicht anders. Ich kann nicht mehr.«

33 Es lief ab wie in einem Film in Zeitlupe. Miia wollte nur kurz ihre warmen Wollsocken holen. Beim Aufstehen kam sie ins Wanken und stieß gegen die Colaflasche. Die Flasche kippte exakt Richtung Laptoptastatur. Im allerletzten Moment konnte Miia sie auffangen. Dummerweise musste sie sich dafür am Tisch abstützen und das tat sie ungeschickterweise direkt auf dem Computer. Der Aufprall auf dem Boden war erbarmungslos laut.

Angefangen hatte es damit, dass Miia nach dem Telefonat mit Korhonen bei sich zu Hause im Flur zusammengebrochen war. Es fühlte sich wirklich an wie das Ende. Atemnot, Herzrasen. Aber es lief nicht so ab, wie sie es sich vorgestellt hatte. Statt der guten Momente in ihrem Leben liefen vor ihrem inneren Auge die Dinge ab, die sie zu erledigen versäumt hatte: dem Hausmeister wegen der kaputten Glühbirne am Eingang Bescheid sagen. Die Romane zurück in die Bibliothek bringen. Der Handarbeitslehrerin endlich zehn Euro geben, für das Gemeinschaftsgeschenk für die Direktorin.

Mit allerletzter Kraft holte Miia ihr Telefon aus der Hosentasche und befragte Google. Die Diagnose überraschte sie: Sie hatte keinen Herzinfarkt, sondern eine Panikattacke. Und sollte ein paar Mal in eine Papiertüte atmen. Leicht irritiert befolgte Miia den Rat aus dem Internet, und als sie sich tatsächlich ein wenig erholt hatte, setzte sie sich aufs Sofa und klappte ihren Laptop auf. In den schwärzesten Momenten war das Internet die beste Medizin. Wenn Miia im Internet war, konnte sie alles andere vergessen.

Die nächsten Tage – es waren Herbstferien – verbrachte Miia hauptsächlich vor ihrem Laptop und aß und schlief kaum. Auf Anrufe und Türklingeln reagierte sie nicht. Irgendwann stieß sie im Internet wieder auf Jari. Den Familienvater, dessen Frau Miia kannte. Er war erneut auf der Datingseite aktiv und forderte junge Frauen unter dreißig in prahlerischem Ton auf, sich zu melden, wenn sie Lust auf erotische Beglückungen hatten.

Miia konnte es nicht fassen. So ein dreister Sack. Was bildete der sich eigentlich ein? Dem würde sie die Meinung geigen.

Aber erst musste sie sich schnell ein Paar Wollsocken holen, sie hatte schon den ganzen Tag kalte Füße.

Und dann saß Miia vor ihrem Laptop und starrte auf den schwarzen Bildschirm, der schwarz blieb, egal was sie tat. Das durfte nicht wahr sein! Miia verfluchte das Universum, aber noch mehr verfluchte sie Jari. Sie stand auf und schlüpfte in ihre Jacke.

Das Haus an der Humalistonkatu 13 fügte sich perfekt in seine Umgebung: im Garten ein großes Trampolin und jede Menge Spielzeug, vor der Haustür ein nobler Audi. Und im Wohnzimmer, das konnte Miia vom

Fenster aus sehen, Jari. Sie winkte ihm so lange zu, bis er zur Tür kam.

»Was ist? Kann ich irgendwie helfen?«, fragte er.

Miia lächelte ihn freundlich an.

»Kannst du nicht. Dafür ist es zu spät.«

»Wie bitte?«, fragte Jari irritiert.

»Ich bin gekommen, um dich fertigzumachen.«

»Hä?« Jari schaute perplex.

Miia trat näher an ihn heran.

»Vor ein paar Wochen habe ich dir geschrieben, dass du dich verdammt nochmal fernhalten sollst von Datingseiten. Heute musste ich leider feststellen, dass du nicht auf mich gehört hast.«

»Was zum Teufel soll das? Wer bist du eigentlich? Was willst du hier?«

Hinter ihm erschien seine Frau und sah Miia irritiert an.

»Haha. Du möchtest sicher nicht, dass deine Frau dieses Gespräch mitbekommt, oder?«

»Bist du völlig durchgeknallt? Verschwinde, oder ich ruf die Polizei!« Jari scheuchte seine Frau zurück ins Haus und baute sich drohend vor Miia auf.

Miia wich zurück, schnappte sich einen Baseballschläger, der auf dem Rasen lag, und fragte provozierend:

»Respektierst du deine Frau? Liebst du deine Kinder?«

»Halt die Klappe. Wenn die irgendwas von deiner

kranken Attacke mitkriegen, handelst du dir eine Menge Ärger ein.«

»Vielleicht wollen die aber wissen, wie ekelhaft du bist?! Die halbe Welt kann im Internet nachlesen, dass du dir die Finger ableckst nach einem Fick mit einer frischen Teeniefotze!«

Jetzt wurde Jari wütend.

»Du kranke Scheißlesbe! Wegen verbitterten Feministinnen wie dir sind wir da, wo wir jetzt sind, verdammt nochmal!«

Miia sah Jari ruhig in die Augen, lächelte, holte zum Schlag aus und zertrümmerte die Fensterscheiben des Audi.

Nikke und Suski saßen im Polizeifoyer und stürmten sofort auf Miia zu.

»Mensch, was machst du bloß für Sachen?« In Nikkes Stimme mischten sich Sorge und Wut.

»Schön, dass ihr da seid. Ich wollte mir schon ein Taxi bestellen, aber mein Handyakku ist leider leer. Ihr könnt mich doch bestimmt nach Hause bringen.«

»Miia, was ist eigentlich bei dir los?« Nikke schüttelte sie sanft. »Erst gehst du tagelang nicht ans Telefon, und dann höre ich von Korhonen, dass du mit einem Baseballschläger fremde Autos zertrümmerst!«

»Der Besitzer des Autos hat es nicht anders verdient.« Miia warf einen raschen Blick auf Suski. »Wie jeder, der seine Frau betrügt.«

»Hast du in den letzten vierundzwanzig Stunden eigentlich was Vernünftiges gegessen?«, lenkte Nikke ab.

»Eins nach dem anderen. Und keine Sorge, ich habe nichts zu befürchten. Das Arschloch traut sich garantiert nicht, Anzeige gegen mich zu erstatten.«

Nikke schüttelte den Kopf.

»Wir bringen dich jetzt nach Hause. Und gleich morgen gehst du zu einem Therapeuten. Ich habe dir einen Termin gemacht.«

34 Nora öffnete ihr Fach bei der Post und holte die Briefe an Madde raus. Nach sechs Tagen als Nora war es beinahe ungewohnt, wieder in Maddes Rolle zu schlüpfen. Zwei Einladungen zu Partys von Bloggern, ein brauner gefütterter Briefumschlag. Nora warf die Einladungen weg und steckte den Umschlag in ihre Tasche. Auch wenn sie bald mit dem Bloggen aufhören würde – wieso sollte sie auf Geschenke verzichten?

»Na dann, ab in die Weiten des Web, hoffentlich erweitert es deinen Horizont«, sagte Noras Vater augenzwinkernd und reichte ihr den Computer zurück.

»Ich werde erst morgen bei der Arbeit gucken, was online so los ist«, verkündete ihre Mutter. »Glaube kaum, dass die Welt sich groß verändert hat. Draußen sieht jedenfalls noch immer alles aus wie letzte Woche.«

»Und wie letzten Monat und letztes Jahr.« Ihr Vater lachte. »Nora, ich bin stolz auf dich. Ehrlich gesagt dachte ich, dass du keinen einzigen Tag durchhältst.«

Nora tat genervt. »Also, lustig fand ich's nicht. Nochmal so eine Scheißidee und ich weigere mich mitzumachen.«

Nie im Leben würde sie zugeben, dass sie eigentlich auch noch länger ohne Computer hätte auskommen können. In den letzten Tagen hatte sie sich so frei und entspannt gefühlt wie lange nicht mehr.

In ihrem Zimmer wollte sie eigentlich erst ein Buch lesen, doch schon bald leuchtete der Bildschirm. Sie selbst hatte natürlich keine Mails und Postings bekommen. Bei Madde nachzuschauen hatte sie wenig Lust, doch es half nichts.

Eine neue Mail von Brand-it-up.

Hallo, liebe Madde!
Hier ein paar Auskünfte von unserer Seite, was für Informationen wir uns von dir als Geheimagentin wünschen: nichts weiter als Bilder und Beschreibungen zu den Leuten aus deinem Umfeld. Wie sehen sie aus, wie ist ihr Stil? Um dir dabei zu helfen, kriegst du von uns einen Fragebogen zu ihrem Leben, ihren Interessen und Neigungen.
Wir wünschen dir gute Besserung und freuen uns, bald von dir zu hören!
Das Team von Brand-it-up
PS: Unsere Post hast du bekommen? Hoffentlich haben wir deinen Geschmack getroffen.

Post? Nora hatte den braunen Umschlag ganz vergessen. Schnell zerrte sie ihn aus ihrer Handtasche. Huch, war der Umschlag leer? Als sie ihn schüttelte, fiel eine zarte silberne Kette mit Anhänger auf den Boden. Unglaublich!

Danke, danke, danke, wiederholte Nora stumm und legte die Kette um ihren Hals. Jetzt war sie Laura noch ähnlicher.

35

Miia sah sich im Zimmer um. An den Wänden hingen ein paar nichtssagende Bilder, hinter dem Schreibtisch stand ein vollgestopftes Bücherregal. Vor ihr saß Henri Saastamoinen, Psychologe.

»Fangen wir an? Erzählen Sie mir doch als Erstes, warum Sie hier sind.«

Der Ledersessel unter Miias Hintern machte bei jeder kleinen Bewegung peinliche Geräusche.

»Mein Bruder wollte, dass ich herkomme. Er hat für mich den Termin gemacht.« Sie hörte selbst, wie widerwillig das klang. Auf einmal verstand sie, wie die Schüler sich fühlen mussten, die bei ihr in der Sprechstunde saßen.

Henri Saastamoinen sah sie ruhig an.

»Und was glauben Sie, warum ihr Bruder Sie hierhergeschickt hat?«

»Er denkt, dass ich Probleme habe. Und er will Probleme immer lösen.«

»Finden Sie selbst, dass Sie Probleme haben?«

»Nein.«

»Wieso sorgt Ihr Bruder sich dann um Sie?«

»Weil ich die Fenster eines Autos eingeschlagen habe.«

Saastamoinen machte sich eine Notiz.

»Wissen Sie, warum sie das gemacht haben?«

»Ehrlich gesagt, der Besitzer des Autos ist ein Arschloch und hat es nicht anders verdient. Ich ertrage den Typen nicht.«

»Da sollten wir genauer hinschauen. Warum ertragen Sie den Mann nicht?« Der Therapeut lächelte ihr aufmunternd zu.

»Ich schätze, ich schlafe einfach nur zu wenig. Wenn ich endlich mal wieder vernünftig schlafe und zehn Kilometer joggen gehe, kommt alles wieder ins Lot. Ich brauche keine Therapie«, sagte Miia.

»Und trotzdem sind Sie hier.«

Miia saß still da und starrte aus dem Fenster. Es dauerte morgens schon deutlich länger, bis es richtig hell wurde. Der graue Himmel und die funzelige Straßenbeleuchtung gaben ein trübes Bild ab, die Welt wirkte wie stehen geblieben. Nirgends Radfahrer oder Autos. Der Tag schien ein leeres Blatt Papier zu sein, das erst bemalt werden musste. Miia räusperte sich.

»Mein Laptop ist kaputtgegangen. Ist einfach vom Tisch gefallen.«

»Wozu benutzen Sie Ihren Laptop?«

»Wozu man den halt benutzt. Zum Surfen, Schreiben. Youtube-Videos angucken.«

»Sind Sie in den Ferien viel online gewesen?«

»Ich war auch mal im Kino. Und hab geschlafen.«

»Aber sonst waren Sie im Internet? Was genau machen Sie da?«

»Ach, ich schau mir ein paar Blogs und Foren an«, antwortete Miia ausweichend. Sie redete nicht gern darüber. Das war ihre Welt, und in die wollte sie anderen keinen Einblick gewähren. Aus irgendeinem Grund redete sie trotzdem weiter. »Ich habe da mehrere Nicknames und schreibe in verschiedenen Foren und lerne Leute kennen.«

»Sie lernen Leute kennen, benutzen aber einen falschen Namen?«

»Das machen die anderen doch genauso. Bevor ich an der Schule gearbeitet habe, war ich bei der Polizei, als Ermittlerin in sozialen Netzwerken. Da musste ich auch unter falschem Namen unterwegs sein.«

»Aber privat? In Finnland ist die Mehrheit der Leute doch mit echtem Namen im Internet.«

»Sie sind da nicht gerade auf dem neusten Stand. Das Internet ist ein Eldorado für Schwätzer und Lügner, da kann man sich die Welt so einrichten, wie sie einem gefällt.«

»Und wie haben Sie sie sich eingerichtet?«

»Das geht allein mich was an.«

Miia versuchte, sich bequemer hinzusetzen. Die matte Beleuchtung im Zimmer machte sie müde, sie hatte sogar Mühe, Saastamoinens Gesichtszüge zu erkennen. Sah der Therapeut gut aus? Auf alle Fälle hatte er lange schlanke Finger.

»Das Internet war sehr nützlich, als an unserer Schule ein Mädchen verschwunden ist. Laura Anderson wurde zwar tot gefunden, wie Sie sicher mitbekommen haben, aber online habe ich mir ein gutes Bild von Laura machen können.«

Der Stift des Therapeuten wanderte wieder über den Block, und eine Zeitlang war nichts zu hören als das raue Geräusch der Bleistiftmine auf dem Papier. Miia sah Saastamoinen abwartend an.

»Wieso sind Sie an Laura und ihrer Persönlichkeit so interessiert?«

»Lauras Verschwinden hat mich sowohl als ehemalige Polizistin als auch in meiner neuen Rolle an der Schule interessiert. Und außerdem ist meine Schwester vor vielen Jahren auf die gleiche Art verschwunden.«

»Was haben Sie damals getan, um das zu verarbeiten?«

»Ach, das ist so lange her.«

Miia schaute wieder aus dem Fenster. Sie hatte sich angewöhnt, die Gedanken an Venla zu verdrängen, und vermisste ihre Schwester nur noch in seltenen Momenten. Dann, wenn ein bestimmter Geruch, ein Geräusch oder eine Situation an Venla erinnerten. Und sie wusste, dass sie sich mit der Hoffnung, dass ihre Schwester doch noch irgendwo lebte, etwas vormachte. Theoretisch war das durchaus möglich, Venlas Leiche war nie gefunden worden. Trotzdem sprachen alle von ihr als einer Toten. Und so machte es auch Miia. Meistens. Nur, wenn die Sehnsucht unermesslich wurde, sah sie sich in Menschenmengen ganz genau um, hielt Ausschau nach Venlas Gesicht. Überlegte, wie ihre Schwester jetzt wohl aussah, als erwachsene Frau. Hatte sie Liebe gefunden? Kinder bekommen? War sie glücklich?

»Haben Sie in der letzten Zeit von ihrer Schwester geträumt?«, unterbrach der Therapeut ihre Gedanken.

Sofort fiel es Miia wieder ein. Unwillkürlich griff sie nach dem Autoschlüssel in ihrer Hosentasche. An ihm herumzuklackern war eine Art beruhigendes Ritual geworden. Wahrscheinlich erfüllten auch Gebetsketten diese Funktion.

Klar hatte sie von Venla geträumt. Indirekt. Und von ihrem Vater, der vor ein paar Jahren gestorben war. Und von Korhonen.

Im Traum stand Miia in einem Geschäft und hielt eine neue Mascara für extradichte Wimpern in der Hand. Die Farbe war eigentlich untypisch, grün oder so etwas. Die Verpackung schimmerte wunderbar metallisch, war kühl und glatt. Im Gegensatz zu ihrer Schwester hatte Miia ihr Geld mal wieder ausgegeben, trotzdem musste sie diese Mascara, die nach einem Filmstar benannt war, unbedingt haben. Also steckte sie sie heimlich in ihre Tasche. An der Tür hielt eine Verkäuferin sie fest.

Bei der Polizei saß Korhonen vor ihr. Miia schämte sich entsetzlich. »Ich habe deinen Vater angerufen«, sagte er. Miia fing an zu weinen. »Können wir das nicht ohne meinen Vater regeln?« Korhonen blieb hart. »Ich denke, er möchte wissen, was seine Tochter treibt.« Da kam ihr Vater durchs Fenster geklettert und sagte: »Vielleicht kapierst du jetzt endlich, wieso ich Venla mehr liebe als dich. Du bist eine schlechte Tochter.«

»Bin ich nicht.«

Ihr Vater und Korhonen sahen einander an und brachen in wildes Gelächter aus. Von dem Lärm aufgescheucht, kam ein kleiner Vogel aus der Zimmerecke gehüpft und flog aus dem Fenster hinaus, durch das Miias Vater ins Zimmer gekommen war.

»Sie müssen doch etwas geträumt haben. Oder erinnern Sie sich nicht?« Die Stimme Saastamoinens holte Miia zurück in die Realität.

»Ich träume so gut wie nie.«

36

»Sucht euch bitte einen Partner und fangt an.« Der neue Vertretungslehrer für den Finnischunterricht schrieb die Aufgabe an die Tafel.

Nora sah sich panisch um. Wie von Magneten gesteuert, fanden ihre Mitschüler sich in Zweiergruppen zusammen.

»Wunderbar, das ging ja schnell«, staunte der Lehrer. Dann fiel sein Blick auf Nora. »Oh, da hat wohl jemand doch noch keinen Partner gefunden. Hat sonst noch irgendwer keinen Partner?«

Alle Blicke richteten sich auf Lauri. Stille. Endlich entdeckte auch der Lehrer ihn.

»Aaah, noch ein Einsamer«, sagte der Lehrer und konnte einen mitleidigen Blick nicht unterdrücken: Das waren in dieser Klasse also die zwei Außenseiter, die im Sportunterricht und überall sonst nie freiwillig ins Team gewählt wurden.

Das letzte Mal hatte Nora vor etwa einem Jahr mit Lauri ein Team gebildet. Danach hatte man die Regel eingeführt, dass die Lehrer die Paare zusammenstellen mussten – so konnten Situationen wie die heute gar nicht erst entstehen. Doch diese Regel kannte der Vertretungslehrer natürlich nicht. Nora räumte gerade ihre Sachen zusammen, um sich zu Lauri zu setzen, als der sich schon neben ihr auf den Stuhl fallen ließ. Obwohl Nora Lauri seit dem Kindergarten kannte, wusste sie von ihm so gut wie nichts. Nur, dass er trotz seiner reichen Mutter und seines beliebten älteren Bruders keine echten Freunde hatte, was Nora genauso irritierte wie ihr eigenes Schicksal. Beide waren sie nett, sahen überdurchschnittlich gut aus, stanken nicht und konnten ziemlich lustig sein, wenn man ihnen die Chance dazu gab.

»Hi«, sagte Lauri.

»Hi«, gab sie zurück.

Sie erinnerte sich daran, wie sie sich neulich an Lauri vorbei durch die Tür von Miias Büro gequetscht hatte und dass ihr dabei seine hübschen braunen Augen aufgefallen waren.

»Hi«, sagte sie nochmal.

»Hi.«

»Hi.«

»Hi.«

»Hi.«

Lauri grinste, und Nora fiel auf, dass sie ihm penetrant in die Augen starrte. Sie schlug ihr Finnischheft auf.

»Was sollten wir nochmal machen? Ach ja, steht an der Tafel«, sagte sie.

»Einen ziemlichen Vollidioten haben die da eingestellt. Von Pädagogik hat der jedenfalls keine Ahnung«, flüsterte Lauri.

»Absolut.«

»›Ah, und noch ein Einsamer.‹«

»Und ich Arme bin auch ohne Partner, schluchz.«

»Das perfekte Loser-Paar.« Lauri grinste wieder.

»Damit's auch wirklich jeder mitkriegt.« Nora kicherte.

»Los, wir sagen laut irgendwas total Bescheuertes. Was richtig Behindertes.«

»Oder wir zucken komisch rum und tun so, als hätten wir einen epileptischen Anfall.«

»Oder wir sabbern und furzen.«

»Pissen uns in die Hose.«

»Im Ernst, neben mir steht ständig ein unsichtbares Weltraumwesen und vertreibt alle, die in meiner Nähe sind.«

»Kenn ich. Neben mir stehen gleich drei von diesen Wesen.«

»Und ich bin übrigens schwul, hab mich nur noch nicht zu outen getraut.«

»Ich bin lesbisch.«

»Und Geld hab ich auch nie.«

»Ich auch nicht. Und ich hab drei frische Pickel im Gesicht.«

Noras schlechte Laune war wie weggewischt. Wie cool, endlich mal Witze zu machen über die eigene Außenseiterposition. Lauri war anscheinend ein entspannter Typ mit einem guten Humor.

»Oder wir ziehen uns aus und schieben hier auf dem Fußboden 'ne Nummer.«

Lauris Lachen fror ein.

Scheiße. Hatte sie es vermasselt? Das sollte doch nur

ein Scherz sein. Warum hatte sie bloß so was Idiotisches gesagt?

»Ich mein, damit uns endlich mal jemand beachtet – das würde ja garantiert wirken. Aber sorry, war ein schlechter Witz.«

»Überhaupt nicht. Ich hab mir nur grad vorgestellt, wie jemand das bei Youtube reinstellt und es sofort fünf Millionen Klicks bekommt.«

Nora atmete erleichtert auf. »Wäre auf jeden Fall besser als ...«

»Als das hier.« Lauri verstand sie wirklich.

»Haben alle die Aufgabe begriffen?«, fragte der Lehrer. »Lest euch den Essay gründlich durch, damit ihr die Fragen richtig beantworten könnt.«

Nora sah in ihr Buch und versuchte sich auf den Essay zu konzentrieren, spürte aber Lauris Blick.

»Hast du etwa schon zu Ende gelesen?«, fragte sie, ohne vom Buch aufzuschauen. Es fühlte sich gut an, von Lauri angesehen zu werden. Hoffentlich saßen ihre Haare gut, und hoffentlich bröckelte die Mascara nicht. Warum bloß hatte sie ausgerechnet heute so einen blöden weiten Pulli an?

»Ja, hab ich.«

»Krass, du bist ja schnell.«

Lauri beugte sich ein Stück zu ihr vor. Nora wurde feuerrot. Hilfe, wollte er sie etwa küssen? Das konnte sie doch gar nicht, hatte sie noch nie gemacht! Zum Glück stoppte Lauris Mund kurz vor ihrem Ohr.

»Ich weiß, dass du Madde bist«, flüsterte er.

Nora zuckte vor Schreck zusammen.

»Du erzählst es doch keinem?«

Lauri antwortete nicht. Sie wollte sich wegdrehen, doch da landeten seine Lippen schon auf ihrem Mundwinkel. Und danach auf ihrem Mund.

»Hey, und so was mitten in der Stunde!«, rief jemand aus der Reihe hinter ihnen.

»He, Lehrer! Die da knutschen, statt zu arbeiten!«

Nora und Lauri rannten Hand in Hand den Schulflur entlang und lachten. Sie waren aus dem Unterricht geflogen und würden einen Eintrag bekommen.

Lauri schlug vor, die restlichen Stunden zu schwänzen und Eis essen zu gehen. Eine super Idee, und schon rannten sie Hand in Hand durch den frischen Schnee und hinterließen die ersten Fußabdrücke. Immer wieder hielten sie an und küssten sich. Irgendwann waren ihre Gesichter feucht vom Schnee und ihre Jacken weiß bepudert. Genau wie in den romantischen Komödien, die Nora und ihre Mutter sich haufenweise anschauten. So was gab es also auch in echt? Nur die Hintergrundmusik fehlte.

Bei McDonald's zog Lauri sie an den hintersten Tisch und ging dann nach vorn, um massenweise Eis zu kaufen, wie er ankündigte. Kaum war er weg, befiel Nora Panik. Was bildete sie sich eigentlich ein? Lauri fand natürlich Madde gut und nicht sie. Noch nie hatte sich jemand für sie interessiert. Warum auch? Doch gerade als Nora aufstehen und abhauen wollte, kam Lauri mit einem vollen Tablett zurück.

»Ich find Nora ja viel toller als Madde«, sagte er. »Und keine Sorge, ich erzähle es niemandem weiter.«

Nora lag auf ihrem Bett und sah die ganze Zeit das Foto an, dass sie beim Eisessen von Lauri gemacht hatte. Auf ihre Hausaufgaben in Geschichte konnte sie sich jetzt beim besten Willen nicht konzentrieren. Auf dem Foto hatte Lauri ein paar Tropfen Schokoeis am Kinn und verstrubbelte Haare. Nora hätte das Foto am liebsten zum Leben erweckt, Lauri das Eis vom Kinn geleckt und in seine Haare gegriffen. In ihrem Bauch flatterten Schmetterlinge, zwischen ihren Schenkeln wurde es warm, und alles um sie herum drehte sich. Sie war verliebt. Sie hatte ein Geheimnis, das sie über allem schweben, sie endlich bedeutsam werden ließ. Der Zauber der Engelskette hatte gewirkt. Sie war sichtbar geworden. Sie war begehrt. Genau wie Laura.

»Kannst du mir bitte sagen, was das hier ist?«

Ihre Mutter stürmte ohne zu klopfen herein und hielt ihr die Belle-de-Jour-Handtasche von Yves Saint Laurent vor die Nase. Nora, oder genauer gesagt Madde, hatte sie in einem teuren Geschäft bekommen mit der Bitte, die Tasche in ihrem Blog zu präsentieren. Wie hatte ihre Mutter die gefunden? Nora hatte sie extra hinter den Wäschekorb gestopft.

»Das siehst du doch selber, Mama. Das ist eine Handtasche.« Sie bemühte sich, genervt zu klingen. Viel lieber hätte sie zumindest in ihrem Tonfall durchblicken lassen, wie glücklich sie war.

»Wo hast du die her?«

»Johanna hat sie mir von ihrer Reise mitgebracht.«

»So was ist doch sauteuer! Bestimmt über tausend Euro!«

»Na und?«

»Ich glaube keine Sekunde, dass Johanna dir so teure Sachen schenkt.«

»Macht sie aber.«

»Nora. Hast du die Handtasche geklaut?«

»Mama, du kapierst überhaupt nichts.«

»Ich rufe sofort Johannas Eltern an.«

»Nein, das tust du nicht!«

»Gut, aber dann sagst du mir, wo du die Tasche geklaut hast.«

Scheiße. Sie musste sich sofort etwas einfallen lassen. Dabei war doch gerade alles so perfekt gewesen.

»Ähm ... Mama. Das ist doch keine echte Yves Saint Laurent, sondern nur ein Fake.«

»Wirklich, Nora?«

»Klar. Leute wie du erkennen das halt nicht.«

»Okay. Entschuldige bitte, mein Schatz. Ich habe von so was tatsächlich keine Ahnung.«

Ihre Mutter strich ihr erleichtert über die Haare und trat den Rückzug an.

Die rote Tasche erinnerte Nora daran, wieder mehr Energie in den Blog zu stecken. Die Tatsache, dass Lauri sie mochte, wie sie war, gab ihr seltsamerweise neuen Schwung. Sie beantwortete neue Kommentare und schickte eine Zusage an Brand-it-up. Eine andere Möglichkeit gab es für sie nicht. Schließlich durfte sie nicht riskieren, dass sie die Kette mit dem Engel zurückgeben musste und ihr Leben wieder so wurde wie vorher.

37

Die Wettervorhersage hatte ins Schwarze getroffen. Als Miia nach der Therapiestunde zur Schule ging, segelten die ersten zarten Schneeflocken vom Himmel. Schon bald war die Luft voller tanzender weißer Punkte.

Der erste Schnee kam früh dieses Jahr, und Miia hatte noch keine Lust gehabt, sich mit einer wärmeren Jacke auszurüsten. Doch obwohl sie bibberte, fühlte sie sich weitaus besser als beim Therapeuten. Das saubere Weiß um sie herum gab ihr Kraft, an eine bessere Zukunft zu glauben: Sie würde Antti oder Pekka – oder wie auch immer er hieß – ziehen lassen und sich auf Dinge konzentrieren, die Freude in ihr Leben brachten. Würde sich gesünder ernähren. Sich mehr mit Freunden treffen. Sport machen. Und sich und Mikael noch eine Chance geben. Und: sich keinen neuen Computer für zuhause kaufen.

In der Schule marschierte sie als Erstes zu Nikkes Büro. Mal wieder waren die Jalousien heruntergelassen. Miia ließ sich davon nicht abschrecken und drückte entschlossen die Klinke herunter. Diesmal entkam ihr Bruder ihr nicht. Sie musste wissen, was bei Nikke und Suski los war.

Die Tür ging auf. Nikke saß auf dem Sofa, blickte Miia erschrocken an und legte eine kleine Videokamera beiseite.

»Hab ich dir nicht gesagt, dass du immer anklopfen musst? Wenn die Jalousie unten ist, habe ich so gut wie immer jemanden hier sitzen, da kannst du nicht einfach reinplatzen«, sagte er verärgert.

»Es sitzt aber niemand hier außer dir.«

»Aber es hätte gut sein können.«

»Ist trotzdem nicht der Fall. Was soll's, ich wollte dich fragen, was das eigentlich für eine Geschichte mit Aikku ist.«

»Hast du Suski was davon erzählt?«

»Bisher nicht. Aber ich will eine Antwort von dir, und ich lass mich nicht so abspeisen wie neulich bei mir in der Küche.«

Miia hoffte auf eine Erklärung, auf irgendetwas, das sie beruhigte. Aber Nikke starrte resigniert an die Wand und schwieg.

»Was hast du vor?«, fragte Miia irgendwann leise.

»Ich habe keinen blassen Schimmer.« Tränen liefen ihm über die Wangen. »Ich kann das nicht mehr stoppen. Dabei will ich so dringend, dass alles wieder ist wie vorher. Dass Suski und ich glücklich sind. Aber das wird nicht passieren. Ich finde nicht mehr zu ihr zurück, so sehr ich es versuche.«

Stumm und wie betäubt verließ Miia das Zimmer ihres Bruders und verschwand in ihrem Büro. Sie trank einen großen Schluck aus der Cola-Flasche und versuchte damit auch ihre Schuldgefühle runterzuspülen: Während sie selbst mit dem Fall Laura und Saskas Tod beschäftig gewesen war, hatten ihr Bruder und ihre beste Freundin die Gefühle füreinander verloren. Das machte sie unendlich traurig. Wenn Nikke und Suski sich trennten – worauf konnte Miia dann noch bauen? Zu wem sollte sie halten, wem vertrauen? Sie fühlte eine schwere Last auf ihren Schultern, die ihren ganzen Körper niederdrückte. Sie musste etwas tun, in Bewegung bleiben, sonst würde sie erstarren.

Schnell fuhr sie ihren Arbeitscomputer hoch und lenkte sich mit den Online-Ausgaben der Zeitungen ab. Das beruhigte sie ein wenig, ihr Puls ging spürbar langsamer. »Ich kriege das schon irgendwie wieder in den Griff«, sagte sie sich.

Gerade als Miia entdeckte, dass Madde ihren Blog aktualisiert hatte, hörte sie Nikkes Tür ins Schloss fallen. Hektisch sprang sie von ihrem Stuhl auf. Würde ihr Bruder reinkommen und bedauern, was er ihr eben gesagt hatte? Nein, Nikke huschte einfach an ihrem Büro vorbei. Erst wollte sie ihm hinterherlaufen, doch dann ließ sie sich wieder auf ihren Stuhl plumpsen.

Madde führte ihren Blog also doch weiter. Eigentlich hatte Miia angenommen, dass sie nach einer Woche Stille endgültig abtauchte – die bissigen Kommentare würden selbst eine abgebrühte Rampensau stressen. Und vor einer Woche war sogar eine Morddrohung in der Kommentarspalte eingetrudelt. Das hatte auch Miia, die durch ihren früheren Job bei der Polizei einiges gewohnt war, in Unruhe versetzt.

Jetzt war Madde also wieder da und scherte sich kein bisschen um die dreisten Rückmeldungen. Amüsiert las Miia Maddes Bericht von der Blinddarm-OP, der vor Smileys und Rechtschreibfehlern nur so strotzte. Dann sah sie sich die neuesten Bilder an, alle in typischer Madde-Manier aufgenommen: Pony über den Augen, Blick nach unten. Moment mal ... Miia klickte das letzte Foto größer. Nein, kein Zweifel. Madde trug eine Kette mit Engelanhänger.

Mit zitternden Fingern verfasste sie einen kurzen Kommentar und unterschrieb ihn mit ihrem echten Namen:

Liebe Madde, wo hast du deine neue Kette her?

38

Hey Madde!
Danke für deine Fotos und Informationen. Du hast einen gutaussehenden Freundeskreis, und ihr seht alle jünger aus als zwanzig. Das passt perfekt in unser Konzept.

Besonders großes Interesse haben wir an deinen beiden blonden, schlanken Freundinnen mit den blauen Augen, deren Namen du mit Minni und Daisy angegeben hast. Das hast du gut gemacht – in der Tat wollen wir nicht die richtigen Namen wissen.

Doch statt zwei Namen aus Entenhausen bevorzugen wir die neutralen Bezeichnungen A und B. Zusätzlich zum Klamotten-, Film- und Musikgeschmack von A und B wüssten wir gern mehr über ihren schulischen Erfolg und ihren jeweiligen Familienhintergrund. Wenn du uns etwas über ihre letzten Zeugnisnoten berichten könntest, wäre das wunderbar, außerdem benötigen wir Informationen zur Größe ihrer Familie, zu Beruf und Einkommen der Eltern und möglichen Erbkrankheiten.

Wir möchten noch mal daran erinnern, dass du seit dem Einstieg in unser Projekt der Schweige-

pflicht unterliegst und wir dich für deine Recherchen entsprechend entlohnen werden.

Beste Grüße,

das Team von Brand-it-up

39

»Wie hieß Ihr Vater mit Vornamen?«, fragte Henri Saastamoinen.

»Paavo.«

»Welche Erinnerungen haben Sie an ihn?«

War die Beleuchtung in Saastamoinens Zimmer diesmal noch stärker gedimmt? Miia konnte ihr Gegenüber kaum erkennen.

Auf dem Tisch vor ihr stand ein kleiner roter Wecker, der die verbleibende Zeit anzeigte. Noch zähe zweiundvierzig Minuten. Seltsam, der gleiche Wecker hatte auf dem Nachttisch ihres Vaters gestanden.

»Eigentlich habe ich nichts über ihn zu sagen.«

»Wann ist er gestorben?«

»Zwei Jahre nach Venlas Verschwinden.«

»Und woran?«

»Er ist bei einem Autounfall ums Leben gekommen.«

»Wie haben Sie das verarbeitet? Konnten Sie mit Ihrer Mutter und Ihrem Bruder darüber sprechen?«

»Nein. Meine Mutter hat nie auch nur ein Wort über seinen Tod gesagt. Wir Kinder haben uns daran orientiert«, antwortete Miia leise und fügte nach einer Pause hinzu: »Manchmal überlege ich, ob Venla weiß, dass er tot ist. Also, sofern sie lebt.«

»Sie glauben, dass Ihre Schwester am Leben ist?«

»Glauben trifft es vielleicht nicht ganz, aber ich hoffe es sehr.«

Saastamoinens Bleistift trat in Aktion und schrieb leise kratzend mindestens eine halbe Seite voll. Miia bereute ihre Offenheit sofort. Wieso hatte sie sich einem fremden Menschen anvertraut? Nicht einmal ihr eigener Bruder wusste von diesen Gedanken.

»Ich korrigiere das noch mal. Mir ist schon klar, dass meine Schwester tot ist. Ich bilde mir natürlich nicht ein, dass ...«

»Es sind keine Rechtfertigungen nötig.«

»Aha. Und warum schreiben Sie da einen halben Roman in Ihr Notizbuch?«

»Ich denke, wir sollten die verbleibende Zeit nutzen und weiter über Ihren Vater sprechen. Was hat er beruflich gemacht?«

Ist doch scheißegal, dachte Miia. Auf einmal fühlte sie sich unendlich müde. Wann war die Stunde endlich um?

»Irgendein Vertriebszeug«, sagte sie schließlich.

»Musste er dafür viel reisen?«

»Ja. Aufs ganze Jahr gesehen war er bestimmt die Hälfte der Zeit weg.«

Miia versank in Gedanken. Sie dachte an die Wochen, in denen ihr Vater nicht da war, und entspannte sich ein bisschen. Bei seiner Abfahrt hatte sie oft in ihrem Zimmer gestanden und zwischen den Vorhängen hindurch in den Garten geschaut: Ihr Vater umarmte Venla und Mama, strubbelte Nikke durchs Haar und schaute dann mit versteinertem Blick zu Miias Fenster. Erst als er abfuhr und sein Volvo nicht mehr zu hören war, ging Miia zu ihrer Zimmertür und schloss wieder auf. Solange ihr Vater weg war, musste sie nicht abschließen.

»Unsere Zeit nähert sich dem Ende«, sagte Saastamoinen irgendwann.

»Aber ich bin doch noch gar nicht fertig«, stammelte Miia.

»Fertig womit?«

»Mit meinem Vater ...«

»Wenn das so ist, bin ich mehr als zufrieden. Bis zur nächsten Stunde also.«

40

Miias Mutter stand vor dem Gefrierschrank und riss eine Schublade nach der anderen auf. »Hier muss doch noch irgendwo ein Beutel mit Zimtschnecken sein!«

»Mama, du musst mir wirklich nichts anbieten.«

Doch Miia wusste, dass in dieser Familie jeder Protest zwecklos war.

Richtig, ihre Mutter ignorierte die Bemerkung. »Dann rühr ich schnell einen Pfannkuchenteig an.«

Das ist doch nicht nötig, dachte Miia, sagte es aber nicht. Ihre Mutter würde so oder so ihren Ofen-Pfannkuchen machen, frisch geschlagene Sahne und selbstgemachte Marmelade dazuzaubern und sogar noch irgendwoher etwas Salziges auftreiben.

Bewundernd verfolgte Miia die Bewegungen ihrer Mutter. Wie im Schlaf ging sie zwischen Kühlschrank, Arbeitsfläche und Regal hin und her, kein Schritt war zu viel, jeder Griff war weich und fließend. Diesen faszinierenden Küchentanz würde Miia nie beherrschen. Na ja, vielleicht wenn sie irgendwann ein Kind bekäme und viel in der Küche stehen müsste. Andererseits war sie schon Mitte dreißig und hatte bisher nur gelernt, die Serviette so um einen Hamburger zu wickeln, dass die Mayonnaise nicht auf den Schoß tropfte, und dass man Pizza am effektivsten mit einer großen Küchenschere in Stücke schnitt.

Nach der Therapiestunde war Miia den ganzen restlichen Tag wütend gewesen. Nicht auf Saastamoinen. Nicht auf sich selbst. Nicht einmal auf ihren Vater. Sondern auf ihre Mutter, die durch ihr Verhalten dafür gesorgt hatte, dass der tragische Verlust eines Familienmitgliedes jahrelang totgeschwiegen wurde und zwei Kinder damit allein im Regen standen. Wie armselig, sie in einer solch großen Krise sich selbst zu überlassen. Gerade da hätten Miia und Nikke ihre Mutter am dringendsten gebraucht. Klar, auch ihre Mutter hatte es als Witwe nicht einfach. Aber trotzdem. Ihre Mutter trug die Verantwortung dafür, dass Miia und Nikke ihrem Beispiel gefolgt waren und die schmerzlichen Gefühle als fest verschnürtes Paket im hintersten Seelenwinkel verstaut hatten, von wo es ihnen unweigerlich entgegenplumpste, auch wenn sie nach etwas ganz anderem suchten.

»Dein Geschenk steht im Wohnzimmer«, sagte ihre Mutter betont beiläufig. Ach ja, das verpasste Gipfeltreffen der Geburtstagskinder.

Miia brauchte keine Nachfragen zu befürchten, weshalb sie die Einladung versäumt hatte. Ihre Mutter umschiffte potentiell heikle Themen mit derselben Souveränität wie potentielle Hindernisse bei ihrem eleganten Küchentanz. Wenn Miia es sich recht überlegte, verhielt es sich sogar so, dass das geschäftige Wuseln und Wirtschaften in der Küche zeitgleich mit dem Tod von Miias Vater begann.

»Wie ist der Unfall von Papa eigentlich genau abgelaufen?«

Geschafft. Jetzt war es endlich draußen. Zum ersten Mal seit zwanzig Jahren.

Ihre Mutter stand mit dem Rücken zu ihr, schlug Sahne und reagierte in keiner Weise. Miia betrachtete ihren schmalen Rücken. Wie zerbrechlich ihre Mutter aussah. Vor ein paar Jahren hatte sie Herzrhythmusstörungen gehabt. Was, wenn sie diese Frage nicht verkraftete und einen Herzinfarkt kriegte? Nahm ihre Mutter irgendwelche Medikamente? Nitro-Tabletten? Verdammt, wieso war sie darüber nicht informiert? Ihre eigene Mutter!

Das Geräusch des Mixers brach ab. Ihre Mutter stellte das Gerät beiseite.

»Hast du was gefragt?«

Miia zögerte, wiederholte ihre Frage schließlich. »Ich habe gefragt, wie Papas Unfall eigentlich abgelaufen ist.«

Sowohl bei der Polizei als auch an der Schule hatte Miia ihren Gesprächspartnern alles aus der Nase ziehen müssen. Sie kannte das Verhalten abgebrühter Krimineller und narzisstischer Teenager. Doch so was hatte sie noch nie gesehen. Ihre Mutter wurde weiß wie eine Wand, und all die Energie, die Miia eben noch bewundert hatte, wich binnen Sekunden aus ihrem Körper. Sie wurde geradezu durchsichtig. Da half es auch nichts, dass sie sich abwandte und nach dem Ofen-Pfannkuchen sah.

»Ich kann dein Geschenk umtauschen. Falls es nicht

zu deinem übrigen Geschirr passt. Hab die Quittung extra aufgehoben«, sagte ihre Mutter leise.

Miia blieb bei ihrem ursprünglichen Thema. »Ich möchte in sein Zimmer.«

»Ich hab den Schlüssel verloren«, flüsterte ihre Mutter und wurde fast unsichtbar. So wie das unsichtbare Kind bei den Mumins.

Miia holte ihren alten Dietrich und bekam das Schloss schnell auf. Ihre Mutter saß am Tisch und aß mechanisch den viel zu heißen Ofenpfannkuchen.

Gleich beim Eintreten stieg Miia der vertraute Geruch in die Nase. Das süßliche Rasierwasser ihres Vaters hatte sich für immer im Stoff des Sofas und der Kissen festgesetzt, war nur ganz leicht vom Geruch alten Papiers und einer kleinen Staubnote durchzogen. Miia bekam eine Gänsehaut, als ihr mit einem Schlag bewusst wurde, was die ganze Zeit Realität gewesen war: In diesem Haus gab es gleich zwei komplette Zimmer, in denen die Zeit stehengeblieben war. Das ihres Vaters. Und Venlas. Wie konnte ihre Mutter in solch einem Mausoleum leben?

Die Sprungfedern des großen Ohrensessels quietschten, als Miia sich auf den ›heiligen Stuhl‹ setzte. Auch das ganze restliche Zimmer war immer ein Tabubereich gewesen; ihr Vater hatte mit Argusaugen darüber gewacht, dass es nicht betreten, geschweige denn etwas darin durcheinandergebracht wurde. Natürlich hatten

Miia und Nikke sich trotzdem ein paar Mal hineingeschlichen. Die Angst, in diesem Raum ertappt zu werden, war auch heute sofort wieder da.

Dennoch zog Miia eine Schreibtischschublade nach der anderen auf und durchsuchte die Regale. Ganz unten im Schrank fand sie endlich die Fotoalben.

Im ersten klebten Aufnahmen von rauen Fjordlandschaften; 1982 hatten sie mit dem Wohnwagen eine lange Tour durch Norwegen gemacht. Unter den Bildern standen die Namen der Ortschaften, und trotzdem sahen alle irgendwie gleich aus. Miia blätterte ungeduldig weiter. Wo waren die Fotos mit ihnen drauf, den Kindern? Sie erinnerte sich dunkel, dass es eine Aufnahmeserie von Nikke, Venla und ihr gab, immer der Reihe nach aufgestellt, auf verschiedenen Rastplätzen. Diese Serie war nirgends zu finden. Was Miia dagegen fand, waren beschädigte Seiten, auf denen man die Fotos rausgerissen hatte. Auch die Bilder von Venlas Geburtstag, die gleich nach der Norwegenreise kommen mussten, waren rausgerissen. Nur ein Foto von ihren Eltern war noch an seinem Platz: Sie lächelten mit leicht zusammengekniffenen Augen in die Sonne, ihr Vater hatte seinen Arm um ihre Mutter gelegt. Dennoch klaffte eine ziemlich große Lücke zwischen beiden. Hektisch nahm Miia ein weiteres Album aus dem Schrank, doch auch dort fehlten sämtliche Kinderfotos.

Als sie einen dritten Band hervorholen wollte, entdeckte sie ganz zuunterst einen alten Schuhkarton. Sie nahm den Deckel ab. Oben lagen ein paar lose Seiten, die willkürlich mit Buchstaben und Zahlen beschrieben waren, eindeutig Schreibmaschinenschrift. Keine der Buchstabenketten ergab einen Sinn. Unter den Seiten lagen die rausgerissenen Fotos. Überall war Venla rausgeschnitten. Schließlich fand Miia mehrere Briefumschläge, adressiert an einen Olli Oinonen. Allesamt leer.

In diesem Moment hörte Miia ein leises Geräusch. War bei ihrer Mutter alles in Ordnung?

»Mama?«, rief sie.

Keine Antwort.

Miia legte den Karton beiseite und ging in die Küche. Dort war ihre Mutter nicht. Auch nicht im Wohnzimmer. Miia rannte die Treppe hoch.

»Mama?«

Wieder keine Antwort.

Miia riss die Tür zum Schlafzimmer auf. Ihre Mutter lag auf dem Bett, auf der gehäkelten Tagesdecke. Die Küchenschürze hatte sie noch an, auch ihre Hausschuhe. Ihre Augen waren geschlossen.

»Mama? Mama?!«

Da sah Miia die Schlaftabletten auf dem Nachttisch. Scheiße, wie viele hatte ihre Mutter geschluckt? Was war hier eigentlich los? Sie schüttelte ihre Mutter, doch die regte sich nicht. Miia legte eine Hand an den Hals ihrer Mutter, mit der anderen prüfte sie, ob am Mund ein Luftstrom zu spüren war. Miias Herz schien einen Moment stillzustehen, ehe sie Gewissheit hatte: Ihre Mutter lebte – und kam sogar wieder langsam zu sich.

41 Ein verschwitzter Nikke kam hereingepoltert. Miia fiel auf, wie ähnlich er inzwischen ihrem Vater sah. Die gleichen Geheimratsecken, die gleichen tiefen Furchen im Gesicht. Die Haarfarbe eher grau als braun. Meine Güte, ihr Bruder war in letzter Zeit ziemlich gealtert.

Nikke selbst schien sich blutjung zu fühlen. Gut gelaunt vom Sport ließ er sich auf den Küchenstuhl plumpsen und trank aus seiner Wasserflasche, die an einem Sportgürtel knapp unterhalb seiner Hüfte hing. Angeblich hatte er gerade die Zehn-Kilometer-Marke geknackt.

»So so, du machst tatsächlich regelmäßig Sport«, sagte Miia zickig, dabei wollte sie gar nicht näher auf Nikkes Affäre mit Aikku eingehen.

Zum Glück ließ Nikke sich nicht provozieren. »Lass gut sein, ja?«

»Okay.«

»Nur zu deiner Information. Ich habe die Geschichte mit Aikku beendet.«

Miia überlegte, ob sie nachbohren sollte, ließ es dann aber bleiben. Es gab auch so genug Probleme.

»Kennst du einen Olli Oinonen?«, fragte sie.

Nikke schüttelte den Kopf und zog sein Handy aus der Jogginghose. »Aber Google kennt ihn bestimmt ... Also, einer ist semierfolgreicher Sportler ... einer ist Geschäftsmann ... und dann gibt es anscheinend noch ein paar andere.«

Nikke schnappte sich ein Stück von dem Pfannkuchen, der noch von vorhin auf dem Tisch stand.

»Hm. Das sind zu viele und bringt uns nicht weiter«, erwiderte Miia. »Ich muss Korhonen nach Oinonen fragen.«

»Wieso? Was ist denn mit diesem Typen?«

»Wenn ich das wüsste. Ich glaube, er hat was mit Lauras Tod zu tun. Und vielleicht auch mit ...«

»Miia. Hak das ab. Die Polizei hat den Fall doch abgeschlossen.«

Sie wusste, dass ihr Bruder Recht hatte, aber sie konnte nun mal nicht anders. Irgendwoher kam immer wieder dieses deutliche Gefühl von Irritation.

»Nikke. Schau mal. Wieso ist Venla nicht mehr auf diesen alten Fotos drauf? Wer hat sie rausgeschnitten, und warum?«

Nikke stutzte, überlegte und sagte dann: »Ich wette, Venla hat sich selbst ausgeschnitten und Collagen gebastelt. So war sie doch drauf, das passt doch.«

»Merkst du eigentlich, dass du immer für alles die banalste aller Erklärungen findest?«

»Und merkst *du* eigentlich, dass du immer das Schlimmste in alles reinprojizierst? Wenn du nur lange genug suchst, findest du immer einen Grund, um in der Vergangenheit stecken zu bleiben!«

»Darum geht es gar nicht. Ich will doch bloß die Wahrheit wissen. Ich kann mich nicht mit billigen Erklärungen trösten, nur damit mein Seelenfrieden nicht gestört wird.«

»Du versuchst noch immer, Venlas Verschwinden aufzuklären, oder?«

Statt Miias Antwort abzuwarten, gab Nikke sie selbst: »Ja, das tust du. Aber du wirst Venla nicht wiederkriegen, indem du dir irgendwelche Verschwörungstheorien zusammenbastelst. Ruhe findest du nur, wenn du endlich akzeptierst, was passiert ist. Unsere Schwester ist verschwunden. Dafür können wir nichts. Alles, was wir tun können, ist, mit Wärme und Liebe an sie zu denken und unser eigenes Leben weiterzuleben.«

»Aber …«

»Stopp. Kein ›aber‹. Miia, dieses Thema ist für mich beendet. Wir können gern über alles mögliche andere reden.«

Als Nikke ging, war es schon fast Mitternacht, doch Miia verspürte nicht die geringste Müdigkeit. Dazu war sie viel zu unruhig. Sie schaltete den Fernseher ein, zappte sich durch sämtliche Kanäle und fand trotzdem nichts, was sie interessierte. Also ging sie in die Küche, räumte auf und schaute nach ihrer Mutter. Ihr gleichmäßiges Schnarchen erfüllte das Schlafzimmer mit Behaglichkeit, wirkte wie eine warme Decke, in die man sich einhüllen konnte. Miia legte sich neben ihre Mutter aufs Bett und rollte sich zusammen. Der Mund ihrer Mutter stand offen, die Lippen verdeckten die Zähne. Sie erinnerte an eine zahnlose Greisin. Fehlten nur noch die gefalteten Hände, und sie würde aussehen wie im Sarg. Bei diesem

Gedanken wurden Miias Augen sofort feucht. Was für ein Leben hatte ihre Mutter gelebt? Was würde sie auf ihrem Sterbebett bereuen? Wofür wäre sie dankbar? Hätte Miia mehr zu ihrem Glück beitragen können? Was würde ihre Mutter mit ins Grab nehmen? Worüber würde sie für immer schweigen?

Diese Gedanken machten Miia noch unruhiger, eine Panikattacke war nicht mehr weit entfernt. Sie musste sich schnell mit etwas ablenken und nahm eine Frauenzeitschrift vom Nachttisch ihrer Mutter. Dabei fiel die Dose mit den Schlaftabletten zu Boden. Als Miia sie aufhob, fragte sie sich: Warum eigentlich nicht? Ein gnädiger Chemikalienschlaf, nur für eine Nacht? Nein. Von Schlaftabletten konnte man abhängig werden, und das wäre auch nicht besser als ihre Internetsucht.

Obwohl die Zeitschrift schon einige Wochen alt war, fand Miia ein paar interessante Artikel. Dazu das gemütliche Schnarchgeräusch ihrer Mutter ... wenig später war die Panikattacke in weite Ferne gerückt, und Miia fühlte sich seit Ewigkeiten mal wieder richtig entspannt. Als ihr die Augen schon fast zufielen, flatterte ihr auf der vorletzten Seite ein loser Zettel entgegen. Sofort erkannte sie Suskis beneidenswert schöne Handschrift: »Liebe Aura! Zum Geburtstag alle lieben Wünsche und ein kleines Zeitschriftenabo. Viel Freude damit! Suski, Nikke und Miia.«

Richtig, ihr gemeinsames Geschenk zum Geburtstagsgipfeltreffen. Mit einem Schlag war Miia wieder hellwach.

Aber nicht, weil ihr schlechtes Gewissen sich regte. Sondern weil ganz oben auf dem Papier, auf das Suski den Glückwunsch geschrieben hatte, ein auffälliges Logo prangte. Der kleine Engel, der sonst von einer Halskette baumelte.

Als Miia endlich wach wurde, war ihre Mutter schon aufgestanden. Sofort war die brennende Frage wieder da: Was hatte Suski mit diesem Engel zu tun? Und wer war eigentlich Olli Oinonen? Neben Miia lag noch immer die Papiertüte, in die sie nachts hineingeatmet hatte, um sich zu beruhigen.

Sie ging hinunter und setzte sich an den Frühstückstisch. Zerstreut hörte sie ihrer Mutter zu, die von der baldigen Rentnerreise in einen Kurort mit schönem Schwimmbad erzählte. Miia nickte an den passenden Stellen und wartete auf eine Gelegenheit, selbst das Wort zu ergreifen. Natürlich wollte sie ihre Mutter nicht gleich wieder zu Tode erschrecken, aber schweigen konnte sie auch nicht.

»Willst du noch Kaffee?«, fragte ihre Mutter.

Jetzt.

»Mama, hast du schon mal den Namen Olli Oinonen gehört?«

Ihre Mutter sog hörbar Luft ein, wie eine Asthmatikerin, und gab zur Antwort:

»Ich glaube, der Kaffee hat inzwischen zu lange gestanden. Ich koche dir frischen.« Etwas wackelig stand sie vom Tisch auf.

»Lass mal, der ist gut genug.«

Ihre Mutter schenkte ihr ein und blieb unsicher neben dem Tisch stehen.

»Mama. Setz dich wieder hin und antworte mir.«

Ihre Mutter setzte sich.

»Nein, kenne ich nicht. Habe den Namen nie gehört.« Mit zittrigen Fingern ordnete sie die Fransen der Tischdecke.

Sie lügt, dachte Miia, wollte aber ihre Mutter nicht weiter belasten.

42

»Sind Sie zum ersten Mal bei uns?«, fragte das Mädchen mit blitzendem Lächeln.

»Ja«, antwortete Korhonen und fügte in Gedanken dazu: Und das letzte Mal. Unerträglich, all diese durchtrainierten gebräunten jungen Leute mit den blendend weißen Zähnen. Nein, hier gehörte er nicht her.

»Wir hätten aber gerade diese Angebotskampagne laufen ...«

»Mir reicht ein einziges Mal, der sogenannte Schnuppertag«, unterbrach Korhonen sie.

»Haben Sie wirklich kein Interesse, Ihr Leben von Grund auf zu verändern?«

»Wieso das denn?«, blaffte Korhonen. Warum musste heutzutage alles so schwer sein?

»Mit dem Angebot aus unserer Kampagne könnten Sie dauerhaft neuen Schwung in Ihren Alltag bringen ...«, beharrte das Mädchen mechanisch.

»Es bleibt dabei, ich will nur heute hierher«, entgegnete Korhonen. »Und ich will einen Termin bei McCoy.«

»Heute ist Jasu unser P. T.«

»P. T.?!«

»Personal Trainer«, erklärte das Mädchen mit leicht irritierter Stimme und zeigte damit endlich eine Spur Menschlichkeit.

»Ich will aber McCoy sprechen.«

»Okay, aber ich müsste Ihnen erst einen Termin mit ihm machen ... Moment ...«

»Verdammt, kann ich jetzt reingehen oder nicht?«

»Denken Sie doch noch mal über unsere Kampagne nach, so ein Angebot ...«

»Zum Teufel noch mal! Hier, mein Eintritt für den scheiß Schnuppertag!«

Korhonen knallte dem Mädchen einen Zwanzig-Euro-Schein auf den Tresen und ging ohne ein weiteres Wort an ihr vorbei.

»In die andere Richtung! Hallo? Zu den Männerumkleiden geht es dort entlang!«, rief das Mädchen ihm hinterher und lächelte dabei noch immer.

Korhonen zog seine uralte Adidas-Trainingshose an und versuchte die irritierten Blicke des Mannes, der neben ihm seine Sportschuhe zuschnürte, zu ignorieren. Leider merkte er es selbst: Seine alte Trainingshose roch streng nach altem Schweiß. Im Grunde amüsierte ihn das. Vermutlich hatte er schlicht vergessen, die Hose nach seinen letzten sportlichen Aktivitäten, die Jahre zurücklagen, zu waschen. Seine Turnschuhe waren aus den siebziger Jahren, auf seinem T-Shirt prangte die Werbung einer Baufirma aus Palokaski. Die Leute sahen Korhonen mit belustigten, aber freundlichen Blicken an.

Die Musik war so laut, dass sie einem fast das Trommelfell sprengte, und die Sportgeräte schienen wie aus dem Weltall geplumpst. Korhonen steuerte ein Trimmrad an, das einzige Gerät, das er noch von früher kannte. Nach zehn Minuten war ihm so heiß, dass er eine Pause einlegen musste. Dabei fiel ihm auf, dass das Gerät, an dem Saska sein Leben verloren hatte, durch eine Stellwand mit Spiegel ersetzt worden war. Nicht dumm – wer wollte schon dort trainieren, wo jemand gestorben war.

Korhonens Puls beruhigte sich noch immer nicht. Sein Arzt empfahl ihm schon länger, Sport zu treiben, seine Blutwerte könnten deutlich besser sein, doch Korhonen kam von Berufs wegen einfach nicht dazu. Jetzt merkte er, dass er wirklich fitter werden musste, wollte er nicht bald neben seinem Enkel auf dem Friedhof liegen. Und das konnte er Annikki nicht antun.

Seine arme Frau. Korhonen quälte sich erneut aufs Trimmrad. Er hatte alles versucht, um sie aufzumuntern, doch vergebens. Annikki wollte ungestört trauern. Das Schlimmste war, dass sie ihm unterstellte, er würde sich zu wenig aus Saskas Tod machen. Wie ungerecht! Außerdem: Irgendwer musste doch den Durchblick bewahren und die Dinge am Laufen halten. Vor allem musste Korhonen aufklären, wer Saska umgebracht hatte. Das schuldete er nicht nur sich selbst, das schuldete er auch seinem Sohn Jukka.

»'tschuldigung, darf ich kurz stören?«, fragte er einen Mann, der vermutlich im gleichen Alter war wie er selbst, der sich aber wesentlich besser gehalten hatte. Korhonen hatte bewusst nach einem älteren Menschen Ausschau gehalten; er befürchtete, den Sportstudio-Slang der jüngeren nicht zu verstehen.

»Natürlich, was gibt's?«

»Ich bin zum ersten Mal hier und suche McCoy. Ist hier P.T. Kennen Sie den zufällig?«

»Den kennen hier alle. Der stärkste Mann im Stall.«

»Aha?« Korhonen dachte sofort an das Gewicht, das Saska erschlagen hatte: hundertsechzig Kilo. Er merkte, dass sein ohnehin schon rotes Gesicht noch dunkler anlief.

»Was stemmt denn der stärkste Mann im Stall?«

Statt eine Antwort zu geben, ging der Mann quer durch den Saal und winkte den verdutzten Korhonen hinter sich her. Ganz in der Nähe der Todesstelle hing eine Tafel an der Wand.

»Hier stehen immer die neusten Resultate. McCoys Rekord liegt bei 165 Kilo.«

Korhonen starrte auf die Tafel.

»Und Martti, hier in dieser Spalte, ist unser Zweitstärkster. Der hat gestern 142 Kilo gestemmt. Ich war dabei und habe ihm geholfen.«

»Mehr als 160 Kilo schafft außer McCoy niemand?«

»Bisher nicht. Aber wenn ich mich noch ein bisschen ins Zeug lege ...«, sagte der Alte mit einem Grinsen und zeigte auf seinen Bizeps.

Korhonen rang sich ein Lächeln ab und ging zurück zu seinem Trimmrad. Er musste nachdenken.

McCoy hatte Saska auf dem Gewissen. Da war Korhonen sich absolut sicher. Miia hatte gesagt, dass Veikko Holm und die Kollegen davon ausgingen, dass der Täter zur Belegschaft des Studios gehörte. Fehlten nur noch die Beweise.

An der Tür stand *Personal*. Korhonen klopfte. Als niemand antwortete, schlüpfte er hinein und schloss die Tür hinter sich ab. Dieselben Schränke wie in der Umkleidekabine für die Allgemeinheit, aber zum Glück ohne Schlösser. Noch besser: mit Namen dran. McCoys Schrank befand sich ganz rechts außen. Korhonen fasste alles nur mit einem Taschentuch an. Auf den ersten Blick wirkte der Schrank leer, bis auf ein kleines Heft und einen Bleistift auf dem obersten Regal. Aber Korhonen war nicht zum ersten Mal am Werk und klopfte den Boden des Schrankes ab – eindeutig hohl. Die Musik draußen war laut genug, niemand würde hören, wie er den Boden mit dem Bleistift hochhebelte.

Unter dem Brett lag eine weiße Plastiktüte. Gerade als Korhonen hineinschauen wollte, ging die Türklinke runter. Mist. Er konnte schlecht seine Dienstmarke rausholen – so wie er sich verkleidet hatte, würde das nur misstrauisch machen. Immerhin hatte er abgeschlossen, und bis die Person draußen endlich ihren Schlüssel hervorgekramt hatte, lag der Boden von McCoys Schrank wieder an seinem Platz und die weiße Plastiktüte in der Tasche von Korhonens Jogginghose. Sogar einen sachlichen Gesichtsausdruck hatte er aufgesetzt. Der allerdings prompt wieder dahin war, als vor ihm Tiina Ojantaus stand.

»Was machen Sie denn hier, Kommissar?«

»Äh, guten Tag. Ich habe mich wohl verlaufen. Eigentlich suche ich die Männerumkleidekabine.«

»Die ist drüben auf der anderen Seite.«

»So was Dummes. Bei mir geht es wirklich drunter und drüber zur Zeit. Hab mich schon gewundert, warum hier so wenige Schränke sind und ich meine Schranknummer nicht finde.«

»Das ist die Umkleide für das Personal. Hier kann man nicht einfach so reinkommen. Es sei denn, Sie sind im Dienst.«

»Um Gottes willen, nein. Ich bin krankgeschrieben!«

»Das will ich doch meinen.«

»Und was machen Sie hier? In der Umkleidekabine fürs Personal?«

»Ich bin die Besitzerin des Clubs.«

Erst als Korhonen in seinem Auto saß, schaute er in die Plastiktüte. Ein kleines silbernes elektronisches Gerät. Kaum größer als ein Handy. Vielleicht so etwas wie eine Minikamera? Er drückte an dem Gerät herum, doch nichts geschah. Wahrscheinlich musste man es an einen Computer anschließen. Jetzt wäre Miias Hilfe gefragt. Aber er war stocksauer auf sie und nicht bereit, ihr zu verzeihen. Sie hatte ihn am schlimmsten Punkt seines Lebens im Stich gelassen.

43

Miia war nie ein besonders großer Sportfan gewesen und fand das auch vollkommen okay. Suski schaffte es trotzdem immer wieder, sie in irgendwelche Kurse zu schleifen. Diesmal war es Hot Yoga. Bei Suski sahen die Positionen alle verdammt gut und wie angeboren aus – sie selbst ächzte sich einen ab. Und dazu noch der viel zu warme Saal!

»Wieso muss das hier so heiß sein?«, fragte Miia.

»Das sagt doch schon der Name. Beim Hot Yoga bleiben die Muskeln schön geschmeidig und man kann die Positionen besser halten.«

»Hm. Und was soll dieses nervige gemeinsame Ein- und Ausatmen? So ein Wirbel um was ganz Banales!«

»Psst«, sagte Suski und warf ihr einen mahnenden Blick zu.

So blöd konnten nur sportbegeisterte Frauen sein, sich mit diesem Kurs zu bestrafen. Nur ein einziger Mann hatte sich in den Kurs verirrt – wahrscheinlich um hochgereckte Popos zu beglotzen.

Eine Stunde später saßen Miia und Suski erschöpft im Hamam und ließen sich von Minzaromen wiederbeleben. Jetzt oder nie.

»Mir ist bei meiner Mutter was Seltsames aufgefallen.«

Suski gab nur ein träges »Mmmh?« von sich.

»Dieses Zeitschriftenabo, das wir ihr zum Geburtstag geschenkt haben.«

»Was ist damit? Du hast selbst gesagt, dass ich es auswählen darf.«

»Klar, das meine ich auch nicht, die Zeitschrift ist super. Aber der Glückwunsch. Du hast ihn auf ein Papier mit Engel-Logo geschrieben.«

»Ja und?« Suski sah Miia leicht gereizt an.

»Ich habe dieses Logo in den letzten Monaten öfter gesehen. Wo hast du das Papier her?«

»Puh, da muss ich erst überlegen.« Suski richtete sich kurz auf. »Ein Schriftsteller hat neulich in einem Interview gesagt, dass ein Gentleman nur in zwei Lebenslagen schwitzt: im Hamam und beim Sex.«

»Suski. Woher hast du das Papier mit dem Engel?«

»Wahrscheinlich von der Eizellenbank. Kundengeschenk.«

»Eizellenbank? Was ist das, bitte?«, fragte Miia perplex.

»Ein ganz normales Business. Angebot und Nachfrage. Manche wollen Eizellen verkaufen, andere wollen sie kaufen. Haben wie nicht schon mal drüber geredet? In den USA sind die Frauen ganz wild auf die Eizellen junger intellektueller Europäerinnen. Und die Spenderinnen verdienen eine schöne Stange Geld. Vor einiger Zeit gab es in der Uni Helsinki einen Aushang, dass finnische Spenderinnen gesucht werden. Tja, und wenn man dann noch gutaussehend ist ...«

»Das klingt doch entsetzlich.«

»Aber wenn auf diese Weise eine verzweifelte Frau endlich ihr ersehntes Baby kriegt?«

»*Ihr* ersehntes Baby? Und wenn es ganz anders aussieht als gewünscht?«

»Das passiert nicht. Auf der Website dieser Unternehmen kannst du Augenfarbe, Gesichtsform, Haarfarbe, Körpergröße und alles mögliche andere festlegen. Dir wird automatisch die für dich passendste Eizellenspende vorgeschlagen. Dann ist es nur noch ein einziger Klick, und du hast dein Baby bestellt.«

»Entschuldige, Suski, aber das mit dem Aussuchen nach bestimmten Kriterien – das erinnert mich verdammt an das Treiben der Nazis.«

»Das kann wirklich nur eine Frau sagen, die nie an ungewollter Kinderlosigkeit gelitten hat.« Suski stand demonstrativ auf und verließ den Schwitzraum.

Miia folgte ihr bis in die Umkleide, wo Suski mit rotem Kopf vor ihrem Schrank stand.

»Du kannst doch nicht abstreiten, dass das nach Zuchtprogramm klingt.«

»Okay. Dann ist jede normale Partnerwahl ein Zuchtprogramm. Da sucht man sich ja auch ein bestimmtes Aussehen und bestimmte Interessen aus, die dann an ein gemeinsames Kind weitervererbt werden. Der andere Weg ist halt für die, bei denen es auf natürliche Weise nicht klappt!« Suski machte eine Pause und sprach dann sehr leise weiter. »Ich will ein Kind, das mir und Nikke möglichst ähnlich sieht. Also bin ich nach bestimmten Kriterien vorgegangen.«

»Du hast wirklich Eizellen bestellt?« Miia packte ihre Freundin und schüttelte sie.

Suski riss sich los. »Ich will darüber nicht weiter reden.«

44

»Hi!«

Miia zuckte zusammen und hob den Blick von ihrem Computer. Sie hatte nicht gemerkt, dass jemand an ihrer Bürotür stand. Lauri Ojantaus.

Normalerweise löste dieser Junge bei ihr sofort den Reflex aus, ihn zu betüddeln, Kakao zu kochen, die böse Welt und die noch bösere Mutter Tiina von ihm fernzuhalten. Heute strahlte Lauri etwas ganz anderes aus. Dass er keine Hilfe von außen mehr brauchte, dass sie ihre Erlöserphantasien getrost vergessen konnte.

»Hi Lauri! Was gibt's?«

»Ich habe doch jetzt einen Termin bei dir.« Entspannt setzte er sich ihr gegenüber an den Tisch.

»Ach ja.« Miia hatte das völlig vergessen, doch ein Blick in ihren Kalender bestätigte, dass der Junge Recht hatte. »Kommt deine Mutter auch?«

»Nein. Die ist heute Morgen in die USA geflogen. Heut läuft alles ganz easy.« Lauri grinste selig, seine Augen leuchteten.

»Was ist los mit dir?«, fragte Miia spontan.

»Was ist los mit *dir*?«, konterte Lauri. »Du siehst aus, als wäre dir eine fette Laus über die Leber gelaufen. Oder sogar ein LKW über dich rübergefahren.«

Miia lachte. »Also, das mit der Laus wäre ja noch angenehm. Es ist einfach eine Menge los gerade.«

»Kann ich irgendwie helfen?«

Miia traute ihren Augen und Ohren nicht. Saß vor ihr wirklich Lauri? Sonst bekam er keinen einzigen Ton raus.

»Kennst du dich in der Bloggerszene aus?«, fragte Miia. Vielleicht konnte Lauri ihr tatsächlich helfen. Soweit sie wusste, hing er viel vorm Computer, und mit etwas Glück konnten sie gemeinsam rausfinden, wer Madde war und wo sie wohnte.

»Ein bisschen schon.«

»Kennst du Madde?«

Lauri setzte sich kerzengerade hin.

»Was ist mit ihr?«

»Das hört sich vielleicht komisch an, aber ich habe das Gefühl, dass diese Madde in Gefahr ist.«

»Was?!« Lauri sprang hektisch auf, sein Stuhl kippte mit einem lauten Poltern um. »Wie kommst du darauf?«

»Du kennst Madde also?«, fragte Miia.

»Wieso ist sie in Gefahr?«

»Lauri, setz dich bitte wieder hin, und wir reden in Ruhe weiter.«

Der Junge setzte sich hin, doch von seiner entspannten Ausstrahlung war keine Spur mehr übrig.

»Ich habe irgendwie das Gefühl, dass hinter dieser Madde in Wirklichkeit eine andere Person stecken könnte. Liege ich damit richtig?«

Lauri presste seinen Mund zu einem Strich, wie um sicherzugehen, dass ihm auch ja nichts über die Lippen kam.

»Tja, und jetzt habe ich das Gefühl, dass du genau

weißt, wer sich hinter Madde verbirgt. Liege ich damit auch richtig?«

»Du musst mir sagen, warum sie in Gefahr ist.«

»Ist Madde jemand von unserer Schule?«

»Wenn du mir nicht antwortest, antworte ich dir auch nicht.«

Miia überlegte. Noch wollte sie Lauri nicht in ihre Vermutungen einweihen, sie standen auf zu wackligen Füßen. Außerdem hatte Lauris Mutter Tiina in irgendeiner Weise mit der Sache zu tun, das belegte die Engel-Kette. Andererseits war eindeutig, dass Lauri Madde kannte. Miia musste ihn auf ihre Seite ziehen, ohne allzu viel preiszugeben.

»Du weißt ja, dass ich vor meiner Arbeit an der Schule bei der Polizei gearbeitet habe, oder?«, begann sie.

Lauri nickte.

»Ein Bestandteil meines Jobs war das Lesen von Blogs. Genauer gesagt habe ich verfolgt, was für Firmen mit Bloggern zusammenarbeiten.« Miia sah Lauri fest in die Augen. »Hinter manchen Firmen verbergen sich nämlich Leute, die ziemlich durchgeknallt sind, im schlimmsten Fall sogar kriminell.«

»Und du glaubst, dass Madde mit solchen Leuten zu tun hat?«

»Sagen wir mal so: Es gibt Anzeichen dafür. Du verstehst hoffentlich, dass ich noch nichts Genaueres erzählen kann. Umso wichtiger ist es, dass ich so schnell wie möglich Kontakt zu Madde kriege.«

Lauri stand auf.

»Wo willst du hin?«, fragte Miia irritiert. »Wir haben doch eine Vereinbarung! Ich habe dir gesagt, was du hören wolltest. Jetzt bist du an der Reihe.«

»Ich kann mich nicht erinnern, dass ich versprochen hätte zu sagen, wer Madde ist. Aber keine Sorge. Ich spreche mit ihr und sage ihr, dass sie sich bei dir melden soll.«

45

Lauri saß auf Noras Bettkante und wusste nicht, wo er hingucken sollte. Mädchenzimmer schüchterten ihn ein. Überall konnte Spitzenunterwäsche, eine Tamponpackung oder ein Schnappschuss von halbnackten Freundinnen herumliegen. Sogar die Tagesdecke, auf der er saß, glänzte unanständig und brachte ihn auf Gedanken, die ihn bloß unsicher machten.

Nora saß vor einem Spiegel und umrandete ihre Augen. Lauri fand das völlig unnötig, Nora sah süß aus, so wie die Natur sie geschaffen hatte.

»Wo willst du eigentlich hin?«, fragte er. Noch hatte er es nicht fertig gekriegt, ihr von seinem Besuch bei Miia zu erzählen. Nora wirkte so glücklich.

»Keine Ahnung, was mich da genau erwartet, aber ich schätze, eine tolle Party.«

Nora war mit ihrem Augen-Make-up fertig und klebte sich obendrein noch künstliche Wimpern an..

»Kann ich mitkommen?«

»Das geht leider nicht, so schade das ist. Da kann nicht einfach irgendwer kommen.«

»Wieso nicht?«, hakte Lauri nach und versuchte, nicht beleidigt zu klingen.

»Das wird ein glamouröser Abend mit rotem Teppich, Fotografen, Champagner, Kaviar und so. Nur wichtige Leute in schicken Klamotten.«

»Und wer sind diese wichtigen Leute? Und wieso gehörst du dazu?«

»Komm, das weißt du doch. Sonst hätte ich keine Einladung gekriegt. Die anderen sind Models, DJs, Designer und andere Blogger, schätze ich.«

»Und was macht ihr da?«

»Reden über Mode und Marken. Ein bisschen tanzen vielleicht.«

Lauri überlegte, wie er es formulieren sollte.

»Nora ... was ist, wenn die Gastgeber gar nicht das sind, was sie zu sein vorgeben?«

»Was meinst du damit?«

»Ich denke nur, vielleicht sollte ich dich lieber doch begleiten.«

»Lauri, hör auf. Ich gehe zu einer Gala, nicht in irgendeinen Drogenschuppen.«

Nora gab ihm einen zärtlichen Kuss.

Lauri umschlang sie und zog sie zu sich.

»Vorsicht! Du verschmierst mein Make-up!«, protestierte Nora, rückte ein Stück zur Seite und setzte sich gekonnt ihre Perücke auf. Sie überlegte kurz und reichte Lauri dann eine Einladung.

Eine pechschwarze Karte mit silberner Schrift kündigte die Party des Jahrhunderts an. Gemeinsam mit allen Anwesenden sollte etwas völlig Neues erschaffen werden. Eine Ortsangabe fehlte, nur ein Datum für den Abholservice war angegeben und eine Uhrzeit, zu der eine schwarze Limousine mit Chauffeur bereitstand.

»Hast du denen etwa deine Adresse gegeben?«, fragte Lauri entsetzt. Nora bürstete ihre Perücke.

»Keine Panik. Ich stehe mit denen schon länger in Kontakt, das ist alles in Ordnung.«

»Aber jetzt wissen die, wo du wohnst.«

»Moment. Madde wohnt offiziell in Helsinki, im Stadtteil Punavuori. Nur Maddes Tante wohnt hier in Palokaski. Der Chauffeur holt Madde bei ihrer Tante ab.«

Miias Warnungen hallten durch Lauris Kopf. Nora ging zu ihrem Kleiderschrank und nahm ein tolles Abendkleid mit Pailletten vom Bügel. Lauri wandte sich verschämt ab, bis Nora in das Kleid hineingeschlüpft war.

»Von *Guess*. Hilfst du mir mit dem Reißverschluss?«

Lauri stand auf und zog den Reißverschluss am Rücken zu. Wie gerne hätte er Noras weiße Haut berührt, doch er traute sich nicht.

»Danke.«

Nora trat erneut an ihren Schrank, holte ein Paar passende Pumps heraus und zog sie an. Als Letztes wuschelte sie sich durch die Perücke.

Lauri traute seinen Augen nicht. Nora sah wesentlich älter aus, blendend schön, geradezu perfekt. Sie war nicht wiederzuerkennen.

46

»Nichts. Keine einzige Übereinstimmung bei den DNA-Proben mit der DNA vom Unfallort. Dabei haben wir alle Angestellten durchgecheckt, und auch die Stammgäste.« Veikko Holm seufzte müde. »Das ist jetzt wie die Stecknadel im Heuhaufen. Sagt Krista-Marion.«

»Euch muss da ein Fehler unterlaufen sein, Veikko. Ihr solltet die Tests nochmal machen.« Zur Bekräftigung seiner Worte klopfte Korhonen mit der Faust auf den Schreibtisch. Seinen Schreibtisch, hinter dem leider Holm saß.

»Ich glaube, wir kommen ganz gut auch ohne deine Ratschläge weiter.« Holms Stimme klang gepresst.

Er hielt Korhonen den Ausdruck der DNA-Analysen vor die Nase, der mehrere Seiten umfasste.

»Da. Sieh selbst nach, ob du Fehler findest!«

»Und du zieh besser deinen peinlichen Pullover aus.«

Korhonen vertiefte sich in die Seiten, allein schon um nicht das gestrickte Konterfei seines Kollegen vor Augen zu haben – der Strick-Veikko auf dem Pulli hatte dicke Backen und einen Strahlenkranz, auf den Ärmeln stand *Carpe diem*.

»Wieso fehlen die Ergebnisse von Tiina Ojantaus und Pekka Hulkko alias McCoy?«

Statt einer Antwort starrte Veikko ihn überrascht an.

»Ich lasse sofort ...« Korhonen fiel ein, dass er derzeit

leider keine Weisungen erteilen konnte. »Veikko, du solltest unsere Kollegen darum bitten, schnell noch diese beiden Proben einzuholen.«

Holm verschränkte die Arme etwa auf Höhe des Strahlenkranzes, schloss die Augen und atmete tief ein und aus.

»Hörst du mir überhaupt zu? Veikko, ich habe Beweise, dass dieser Pekka ...«

Holm riss der Geduldsfaden.

»Du hast mir gar nichts zu sagen, Kari! Platzt hier einfach rein und willst mir Vorschriften machen!«

»Aber ...«

»Ich kenne Tiina persönlich. Eine tolle Frau, für die ich meine Hand ins Feuer lege. Die würde nie im Leben jemanden umlegen.«

»Aber dieser Pekka ...«

»Dem vertraue ich genauso wie Tiina. Und ja, ich kenne ihn gut, falls du auch da schon wieder deine Zweifel haben solltest. Krista-Marion und ich haben regelmäßig mit ihm zu tun, er ist unser Personal Trainer und Ernährungsberater. Er redet übrigens so was von nett über deinen Enkel, dass es dich beschämen würde, wenn du dabei wärst. Wie Krista-Marion sagt, mein lieber Kari: Wer im Glashaus Steine wirft, kriegt leicht selbst was ab. So heißt es doch, oder?«

»Ist der Welpe in seinem Zimmer?«

Miro Sundsberg hörte sich Korhonens Bericht über seinen Besuch bei Gym24 aufmerksam an. Holm hatte sich hinter Korhonen ins Zimmer gedrängt und versuchte ständig ihm ins Wort zu fallen. Irgendwann hob Korhonen warnend die Hand.

Holm verschwand kurz, aber nur um sich einen Stuhl vom Flur zu holen. Dreist nahm er neben Korhonen Platz.

Sundsberg herrschte ihn an: »Was sitzt du hier überhaupt noch rum?! Los, an die Arbeit!«

Holm nahm den Stuhl und schlüpfte genauso hektisch aus dem Zimmer, wie er hereingekommen war.

»Phantastische Arbeit.« Sundsberg schüttelte Korhonen die Hand.

Korhonen war zufrieden. Es hatte sich gelohnt, in die Höhle des Löwen zurückzukehren.

Sundsberg wollte seine Hand gar nicht mehr loslassen und fragte mit gesenkter Stimme: »Was meinst du, könntest du bald wieder zu uns zurückkommen?«

»Jederzeit, gern schon heute.«

»Perfekt.« Sundsberg ließ Korhonens Hand los und klopfte ihm dafür auf die Schulter. »Ich ertrage Krista-Marions Weisheiten und die dämlichen Strickpullis keinen Tag länger.«

»Die Kollegen sind auf dem Weg und werden Pekka Hulkko mitnehmen. Dann sind wir einen großen Schritt weiter und können den Fall vielleicht schon lösen.«

Holm räumte sein Zeug von Korhonens Schreibtisch und packte es in eine große Marimekko-Tasche.

»Tut mir leid«, brummte Korhonen, freute sich aber zugleich diebisch, dass er sein Zimmer schon in wenigen Minuten wieder für sich hatte.

»*Mir* tut es leid«, protestierte Holm. »Wenn ich irgendetwas tun kann, dir irgendwie helfen kann, bitte sag es mir.«

Holm flehte sichtlich um Vergebung. Vermutlich wäre er sogar aus dem Fenster gehüpft, wenn Korhonen es verlangt hätte.

»Eine Sache fällt mir tatsächlich ein.« Korhonen holte das kleine elektronische Gerät hervor, das er bei Pekka Hulkko alias McCoy im Schrank gefunden hatte. »Weißt du, was das hier ist? Kannst du es an den PC anschließen?«

»Klar. Das ist eine GoPro-Kamera.«

»Hä?«

»Damit kann man sehr unkompliziert filmen, beim Sport zum Beispiel. Steck es einem Skispringer auf den Helm, und du kriegst die besten Landschaftsaufnahmen.«

Holm hatte das Gerät flink an Korhonens Computer angeschlossen. Schon dröhnte die Musik aus dem Fitnessstudio durch die Lautsprecher. Im Bild war Pekka Hulkko und hob Gewichte. Als Nächstes sah man seine ebenfalls beachtlich muskulösen Kumpel, dann – vermutlich heimlich gefilmt – trainierende Frauen mit viel

Holz vor der Hütte. Peinlicherweise hatte Pekka auf ihre Brüste gezoomt. Dann war das Bild eine Weile schwarz, schließlich ging es woanders weiter. Offenbar ein Schlafzimmer, ein breites Bett, im Hintergrund Musik.

»Was soll das denn?«, fragte Korhonen nervös.

Das Bild wurde wieder schwarz. Und kam mit der nächsten Einstellung sofort zur Sache. Miia reckte auf allen vieren ihr Hinterteil in die Höhe, hielt sich zwischendurch immer wieder am Kopfende des Bettes fest und stöhnte lustvoll. Pekka rackerte sich hinter ihr ab und blickte cool in die Kamera.

»Um Gottes willen! Schalt das ab!«, rief Korhonen entsetzt.

Holm reagierte nicht und starrte wie hypnotisiert auf den Bildschirm. Das Stöhnen wurde immer lauter.

»Veikko! Mach das aus!«, brüllte Korhonen.

Schließlich reagierte Holm.

»Das ging ja richtig rund. So einen Film hätte ich jetzt nicht erwartet«, sagte er mit glänzenden Augen.

»Wusstest du was davon?«, fragte Korhonen.

»Wovon?«

»Dass Miia eine Affäre mit diesem Kerl hat?«

»Nein. Ich wusste nur, dass sie sich kennen. Und dass er sich Miia als Antti vorgestellt hat.«

»Wir müssen sie sofort sprechen!«

Korhonen holte sein Handy hervor. Miias war leider ausgeschaltet. »Scheiße! Verdammte Scheiße! Ich fahr zu ihr.«

47

Miia zog sich schnell ein weißes T-Shirt über. Wer auch immer da klingelte und klopfte, er musste ein dringendes Anliegen haben. Eigentlich hatte Miia duschen wollen, aber anscheinend war sie auf dem Sofa eingeschlafen.

Sie sah durch das kleine Fenster nach unten zur Tür. Es war Antti beziehungsweise Pekka. Miia überlegte. Wollte sie diesen Typen wirklich reinlassen? Immerhin könnte sie ihn dann fragen, was er eigentlich für ein Spiel spielte.

»Jetzt gib schon Ruhe«, schimpfte sie und öffnete die Tür gerade so weit, dass sie mit ihm reden und er einen Blick auf ihre informelle Aufmachung werfen konnte.

»Ich klingel schon seit einer halben Ewigkeit«, erwiderte Antti oder Pekka und lächelte freundlich.

»Ich hab geschlafen. Jetzt natürlich nicht mehr. Was willst du?«

»Kann ich reinkommen?«

Während Miia abgestandenen Kaffee aus der Küche holte, machte Antti es sich auf ihrem Sofa bequem.

»Du hast versucht, mich anzurufen?«, eröffnete Antti das Gespräch und rührte in seinem Kaffee. »Ich war auf Dienstreise in München und hatte keine Zeit zurückzurufen. Was gibt's denn?«

»Ich wollte wissen, wieso ich dich die ganze Zeit Antti nenne, wo du doch eigentlich Pekka heißt.«

Miia setzte sich bewusst auf die andere Ecke des Sofas.

Antti lachte. »Dann weißt du vermutlich auch, dass ich mit Nachnamen Hulkko heiße?«

»Ja.«

»Und dass ein gewisser finnischer Rockstar mit bürgerlichem Namen auch Hulkko heißt?«

»Andy McCoy, klar. Alias Antti Hulkko.«

Miia wusste nicht, ob sie sich mehr über Anttis Unehrlichkeit oder ihr Misstrauen ärgerte.

»Bei Gym24 heiße ich wegen des gleichen Nachnamens McCoy. Und da ist ganz fix auch der Andy oder halt Antti dazugekommen.«

»Aha. Okay, schon gut.«

Sie versuchte sich zu entspannen.

»Ich wollte dich zu keinem Zeitpunkt anschummeln«, sagte Antti und beugte sich zu Miia herüber, um ihr Bein zu berühren. »Allerdings würde ich gern wissen, was das für ein Loser ist, mit dem du manchmal abhängst.«

Miia wusste nicht, was sie sagen sollte. Er führte ihre »Beziehung« doch genauso unverbindlich wie sie!

»Komm her.« Antti zog sie sanft auf seine Sofaseite. »Guck mal, ich hab dir was aus Deutschland mitgebracht.« Er wühlte in seiner Hosentasche und reichte Miia eine kleine flache Schachtel.

Miia war baff. Mit zittrigen Fingern öffnete sie das Geschenk. Zum Vorschein kam eine silberne Halskette mit einem zarten Anhänger in Form einer Feder. »Aber … das ist doch …«, stammelte sie.

»Schsch.« Antti umfasste ihre Taille. Ehe Miia sich versah, lag sie unter ihm auf dem Sofa. Anttis warmer Körper auf ihrem fühlte sich gut an, erweckte jede Körperzelle. Doch kurz bevor Anttis Lippen auf ihren landeten, schob sie ihn von sich runter.

»Ich muss unter die Dusche. Und danach könnten wir mal rausgehen, unter Menschen! Außerdem habe ich einen Bärenhunger.«

»Lass uns doch was zum Essen hierher bestellen.«

»Erst mal mache ich mich frisch, und dann sehen wir weiter.«

Als Miia zurück ins Wohnzimmer kam, blätterte Antti in einer Zeitung.

»Wie sieht's aus? Gehen wir ein bisschen raus?«, fragte Miia und rubbelte sich die Haare trocken.

Antti klopfte neben sich aufs Sofa. »Lass uns lieber da weitermachen, wo wir vorhin aufgehört haben.«

»Dann muss ich wohl wieder mal eine Pizza bestellen«, sagte Miia und griff nach ihrem Handy. Sie hatte fünf Anrufe verpasst – alle von Korhonen, der ihr auch eine SMS geschickt hatte: *PASS AUF, ES IST ANTTI/PEKKA/MCCOY*. Alles in Großbuchstaben.

»Zier dich nicht so. Komm her«, sagte Antti und klang jetzt ungeduldig und fordernd.

»Ich steh eigentlich ganz gern«, sagte Miia und musste schlucken.

»Los Miia. Stell dich nicht an.« Anttis Stimme war eiskalt.

Voller Angst setzte Miia sich neben ihn, achtete aber darauf, ihm nicht zu nahe zu kommen. Warum bloß hatte sie diesen Psychopathen in ihre Wohnung gelassen?

»Ich bin ziemlich sauer über diese Situation. Wir beide könnten es doch so schön haben«, sagte Antti.

Miia versuchte, sich zu beruhigen und die Lage unter Kontrolle zu kriegen. »Ja, das stimmt. Du hast Recht. Ich brauch heut halt ein bisschen Zeit. Erzähl doch mal, was hast du die letzten Tage so gemacht?«

Antti lachte leise in sich hinein. »Ich hab so einiges gemacht, kleine Miia. Und jetzt werde ich mit dir noch ein bisschen mehr machen.« Was meinte er damit?

Miias Herz galoppierte los. Lange konnte sie dieses gefährliche Spiel nicht mehr mitspielen. So unauffällig wie möglich tastete sie die Polsterritzen des Sofas ab.

»Ob ich dir nun mehr von mir erzähle oder nicht – wir wissen doch beide schon jetzt, wie diese Geschichte hier enden wird, oder?« Er klang drohend.

»Keine Sorge, alles okay. Du brauchst mir nichts von dir zu erzählen, Antti«, flüsterte Miia.

»Du bist so was von dumm. Niemand nennt mich Antti.«

Endlich stieß sie gegen die Fernbedienung. Blitzschnell holte Miia aus und knallte sie Antti oder Pekka mit voller Wucht aufs Ohr. Pekka jaulte auf. Miia riss sich los und rannte aus der Wohnung, hinaus auf die Straße. Auf ihren löchrigen Wollsocken.

Pekka war ihr dicht auf den Fersen.

48 Nora stand bibbernd auf dem Bürgersteig und wartete. In ihrem Bauch flatterten Schmetterlinge, ihr Atem ging flach und schnell. Sie hatte sich in allen Farben ausgemalt, wer alles zur Party kommen würde, und überlegt, was sie wem erzählen könnte. Hauptsache, sie trank nicht mehr als zwei Gläser Champagner, sonst würde sie die Kontrolle über alles verlieren.

Nora hatte sich Maddes Biografie genau zurechtgelegt, Schulen, Uni-Kurse, derzeitige Wohnungseinrichtung, Freundinnen, alles. Sie durfte sich auf keinen Fall selbst widersprechen – am schlauesten war es also, Smalltalk über allgemeine Themen zu machen, die nichts mit Maddes Leben zu tun hatten.

Leider hatte sie keine passende Jacke auftreiben können. Also musste sie sich mit einem breiten Tuch ihrer Mutter zufriedengeben, das sie sich um die Schultern gelegt hatte. Es passte nicht ganz zum Kleid, aber Nora hoffte, dass das im Schummerlicht niemandem auffallen würde. In ihrer Clutch lagen Pudertücher, Lipgloss, ihr Handy und ein Fünfzig-Euro-Schein, den sie sich kurzzeitig von ihrem Vater genommen hatte. Von einer Party wie dieser fuhr man mit dem Taxi nach Hause.

Am Ende der Straße leuchteten die Scheinwerfer eines Autos auf. Wirklich, es war eine echte Limousine, und sie hielt direkt vor ihr! Nora korrigierte ihre Haltung. Ein großer Mann in dunklem Anzug stieg aus und fragte mit angenehm tiefer Stimme: »Madde?«

»Ja«, erwiderte Nora knapp.

Der Mann hielt ihr die hintere Tür auf und half ihr beim Einsteigen. Sie machte es sich bequem und strich mit der Hand über das edle Leder. Mit einem leisen Ruck setzte der Wagen sich in Bewegung. Das wird der beste Abend meines Lebens, dachte Nora.

49

Miia hörte Anttis schwere Schritte – und seine leichten Atemzüge. Er war fitter, er war schneller, er kam mit jedem Schritt näher.

Dies war die typische Kinofilm-Situation, bei der man sich als Zuschauer ungläubig fragte: Wieso rennt die nicht dahin, wo Menschen sind? Wieso macht sie alles noch schlimmer? Jetzt wusste Miia, wieso. Weil man in solchen Situationen völlig von Sinnen war vor Angst. Deshalb rannte Miia jetzt auf den verlassenen Strand zu statt ins Stadtzentrum.

Sie hörte einen Schuss.

»Miia, bleib sofort stehen!«

Sie rannte weiter.

Ein zweiter Schuss.

Schnell, zu den Bäumen, dort war sie besser geschützt. Einer wie Pekka hatte garantiert reichlich Munition dabei. Die eisigen Zweige und Äste zerkratzten ihr Gesicht und ihre Arme, aber sie schützten sie hoffentlich vor weiteren Schüssen.

»Scheiße!«

Zum ersten Mal wagte Miia sich umzusehen. Antti war über eine Baumwurzel gestolpert, die Waffe war ihm aus der Hand gefallen. Sie rannte weiter, bog, ohne es zu merken, zu den Felsen ab, von denen Laura ins Meer gestürzt war. Verdammt, war sie jetzt etwa selbst an der Reihe?

Antti hatte sie wieder eingeholt. Sie stand mit dem Rücken zum Abgrund. Der Lauf von Anttis *Glock 21* zeigte genau auf ihre Stirn.

Miia hob die Hände und sagte so ruhig sie konnte:

»Pekka. Komm, fangen wir nochmal von vorn an.«

»Nein. Das Spiel ist aus.«

Wie in Zeitlupe, wie mit einem Zoom gefilmt legte Pekkas Zeigefinger sich um den Abzug. Panisch hechtete Miia zur Seite. Statt eines Schusses ertönte nur ein hohles Klacken, das Magazin war leer.

Ehe sie weiterlaufen konnte, hatte Pekka sie zu Boden gerissen.

»Jetzt ist endgültig Schluss. Du hast mir leider keine andere Wahl gelassen«, ächzte er und zerrte heftig an ihren Haaren.

»Du hast Laura ermordet«, brachte Miia hervor.

»Die kleine Schlampe«, zischte Pekka und knallte wie zur Bekräftigung seiner Worte Miias Kopf auf den Stein.

»Und Saska auch.«

»Der Idiot wurde zu neugierig.«

»Pekka«, sagte Miia und drehte den Kopf, um ihm in die Augen zu sehen. »Ist dir eigentlich klar, dass ich mich in dich verliebt habe?«

Sein Griff lockerte sich für einen Augenblick, Miia entwand sich ihm blitzschnell.

»Du verlogene Hure!«, brüllte Pekka und war mit einem Satz wieder bei ihr.

Aber er rutschte auf einer glatten Stelle aus. Stürzte in den Abgrund. Konnte sich gerade noch an einem Felsvorsprung festhalten. Und an Miias Knöchel. Millimeter für Millimeter zerrte er sie auf die Kante zu. Miia schaffte es nicht, sich loszureißen. Pekka war unglaublich stark. Erst als sie mit dem freien Fuß brutal auf sein Handgelenk trat, erschlaffte sein Griff.

»Venla und Laura bleiben nicht die Einzigen!«, rief Pekka, ehe er im dunklen Wasser verschwand.

Miia sackte zusammen, zitterte am ganzen Körper. Sie umfasste ihre Füße, ihre Knöchel. Die Stelle, die Pekka umklammert hatte, glühte wie Feuer.

50

Miia wollte nicht nach Hause gefahren werden. Bei der Polizei roch es muffig, und nachdem sie die komplette Nacht in diesen Räumen verbracht hatte, war ihr nach frischer Luft. Außerdem lag draußen eine zarte neue Schneedecke.

Als sie lange genug auf dem Felsen gesessen und neue Kraft geschöpft hatte, war sie wie durch einen Nebel zur Polizei gewankt. Hatte erst da wieder gemerkt, dass sie nur ein dünnes T-Shirt, Jeans und kaputte Wollsocken trug. Bei der Polizei hatte sie sich alles von der Seele geredet. Sundsberg und Korhonen hatten aufmerksam zugehört. Irgendwann war Nikke dazugestoßen, hatte ihr eine Jacke von Suski und ein Paar alte Turnschuhe mitgebracht. Er wollte sie nach Hause bringen, ihr Gesellschaft leisten, bis sie einschlief. Aber Miia war nicht nach Gesellschaft. Sie wollte alleine sein.

Sie ging die frisch verschneiten Straßen entlang und klackte mechanisch mit dem Autoschlüssel. Auf, zu, auf, zu.

Wie entsetzlich. Obwohl sie gespürt hatte, dass mit Antti beziehungsweise Pekka etwas nicht stimmte, war sie der Gefahr nicht ausgewichen. Zum Glück hatte alles nun ein Ende. Pekkas Körper war schon am Morgen am Ufer gefunden worden. Lauras und Saskas Mörder würde keine weiteren Menschen mehr umbringen. Aber was hatte Pekka am Ende über Venla gesagt? Und wieso würde es weitere Opfer geben? War das nur eine Drohgebärde im Angesicht des Todes gewesen? Miia kam mit ihren Fragen nicht weiter. Erst einmal brauchte sie dringend Schlaf.

Am Ende der noch ruhigen Straße erweckte ein roter BMW ihre Aufmerksamkeit. Erst nach mehreren Anläufen schaffte er es in eine schmale Parklücke. Dann stieg ein schmaler Mann aus, der Miia bekannt vorkam. Doch, es war ihr Therapeut Henri Saastamoinen. Sie musste ihn so bald wie möglich anrufen und neue Termine mit ihm vereinbaren. Das hatte sie Nikke versprochen. Saastamoinen würde ihr helfen, mit all dem fertig zu werden. Nikke wiederum hatte ihr versprochen, in der Schule Bescheid zu geben und sie krankzumelden. Miia brauchte jetzt viel Ruhe. Abends wollten Nikke und Suski kurz vorbeikommen und nach dem Rechten sehen.

Auf, zu, auf, zu. Das war nicht das einzige Geräusch. Schlapp, schlapp, schlapp, schlapp. Die Joggingschuhe, die Nikke ihr mitgebracht hatte, waren mindestens zwei Nummern zu groß.

Als Miia am BMW ankam, klackte es auch dort. Im gleichen Takt wie das Auf, Zu, Auf, Zu. Miia sah sich um. Saastamoinen war verschwunden. Auf, zu, auf, zu. Der Schlüssel, den sie in der Asservatenkammer mitgenommen hatte, passte tatsächlich zu dem BMW. Seltsam. Miia ging langsam um das Auto herum und sah durch die Fenster. Machte die Beifahrertür auf und warf einen Blick ins Handschuhfach. Nichts außer dem Fahrzeugschein, Taschentüchern und einem Handbuch für das Auto. Auch sonst war der Wagen tiptop aufgeräumt.

Das musste sie Korhonen sagen. Miia ging weiter, blieb aber nach ein paar Metern stehen. Marschierte entschlossen zum Auto zurück. Auf. Miia öffnete den Kofferraum. Darin lag in einen Plastiksack eingewickelt ein Frauenkörper, nur die blonden Haare schauten heraus. Miia zog vorsichtig die Plastikfolie tiefer und hielt ihre Hand vor Mund und Nase.

Kein Zweifel, sie war tot.